W0383120

DU MÊME AUTEUR

Aux Éditions Gallimard

LA RUMEUR DU SOLEIL, *roman*, 1989 (« Folio », *n° 2662*, 1994).

LE DONJON DE LONVEIGH, *roman*, 1991.

LE PASSAGE DE L'AULNE, *roman*, 1993 (« Folio », *n° 2859*, 1996).

LIVRES DES GUERRIERS D'OR, *roman*, 1995 (« Folio », *n° 4182*. Nouvelle édition).

LE SONGE ROYAL. Louis II de Bavière, 1996 (« L'Un et L'Autre »).

L'INVENTEUR DE ROYAUMES. Pour célébrer Malraux, 1996.

LES SEPT NOMS DU PEINTRE. Vies imaginaires d'Erich Sebastian Berg, *roman*, 1997. Prix Médicis 1997 (« Folio », *n° 3473*).

DOUZE ANNÉES DE L'ENFANCE DU MONDE, *récit*, 1999.

STÈLES À DE GAULLE, 2000.

LE ROI DORT, *roman*, 2001.

LES MARÉES DU FAOU, *roman*, 2003 (« Folio », *n° 4057*, 2004).

APRÈS L'ÉQUINOXE, *roman*, 2005.

LA CONSOLATION, *roman*, 2006.

LE DÉJEUNER DES BORDS DE LOIRE *suivi de* MONSIEUR GRACQ. Édition revue et augmentée, 2007 (« Folio », *n° 4512*).

Aux Éditions Gallimard Jeunesse

SUR LES TRACES DE... JÉSUS, *récit raconté par Philippe Le Guillou, Illustrations de Maurice Pommier,* 2002.

Aux Éditions Artus

LA MAIN À PLUME, *essai*, 1987.

IMMORTELS, MERLIN ET VIVIANE, *récit*, 1991.

UN DONJON ET L'OCÉAN, *album*, 1996.

L'ARCHANGE ET LE DRAGON, *album*, 1996.

L'ORÉE DES FLOTS, *récit*, 1997.

DES BRETAGNES TRÈS INTÉRIEURES, *album*, 2000.

Suite des œuvres de Philippe Le Guillou en fin de volume

FLEURS DE TEMPÊTE

PHILIPPE LE GUILLOU

FLEURS DE TEMPÊTE

récit

GALLIMARD

Il a été tiré de l'édition originale de cet ouvrage
quarante exemplaires sur vélin pur fil
des papeteries Malmenayde numérotés de 1 *à* 40.

© *Éditions Gallimard, 2008.*

À Marie.

I

Tout a commencé un soir de printemps il y a plus de vingt ans sur la terrasse du Piccadilly place de la Mairie à Rennes, cette terrasse boisée qui regarde l'élégante bâtisse aux hautes croisées XVIIIe. La journée avait été chaude dans la ville tassée au fond d'une cuvette et le soir apportait un peu de fraîcheur. Les conifères empoussiérés de la terrasse dégageaient une odeur de résine chauffée. C'est le lieu où les Rennais aiment se prélasser et se montrer. C'est le lieu qu'avait choisi Christian pour me présenter celle dont il me parlait depuis longtemps, sa complice des années de khâgne. J'étais un peu plus âgé qu'eux, sans doute avait-il voulu un endroit qui échappât au périmètre de leurs habitudes d'étudiants. D'où le choix du cœur de la ville et de cette terrasse un peu mondaine. Ils étaient déjà attablés lorsque je suis arrivé. J'ai tout de suite *reconnu* cette jeune fille blonde qui bavardait avec mon ancien élève. Il me semble qu'elle portait un haut rouge. Où du moins est-ce cette couleur que je souhaite associer à cette première rencontre. Une chevelure blonde éclaircie par le premier soleil, un front haut, un regard lumineux, un mélange étonnant de charme et d'autorité, d'intelligence et d'allant, telles sont les premières impressions qui me restent, l'aisance naturelle d'une jeune femme d'un peu plus de vingt ans, vive, souriante, infiniment respectueuse, mais ne s'embarrassant ni de précautions ni de préventions. Très vite la conversation roula sur Proust, son auteur de prédilection, qu'elle et Christian avaient travaillé en khâgne. Elle avait le projet d'une maîtrise. Mon ancien élève m'avait dépeint une littéraire brillante et c'est ainsi qu'elle m'apparut, parlant de Proust et de son futur travail avec beaucoup de justesse et de simplicité. Lorsque le serveur se présenta, elle demanda sans hésiter un Chivas. C'était étrange pour une étudiante. Cette audace, cette netteté dans le choix me ravirent et je l'accompagnai. Mes amies jusque-là ne m'avaient pas habitué à pareil aplomb.

La nuit était tombée et nous parlions toujours de Swann, de Gilberte et de Combray, des aubépines et de Montjouvain, de l'adoration perpétuelle du *Temps retrouvé*, mais aussi de Brest où elle avait grandi et où j'avais fait mes premiers pas de professeur, Brest où disait-elle, citant Genet, flottait une lumière vénitienne, des livres encore, de ceux des grands, de ceux des débutants, de Paris, de Patrick Grainville qui avait donné à Simone Gallimard mon premier texte, du Mercure de France où serait publié à l'automne mon troisième livre. Christian relançait, s'amusait ; d'emblée l'intensité de notre échange l'avait mis en lisière sans qu'il parût en prendre ombrage.

Que de fois par la suite, à Béthune, à Paris ou à Gand, pour peu que l'on eût un public, nous nous sommes livrés au récit de cette rencontre, rappelant l'audace du choix du breuvage qui m'avait conquis, le souvenir de la conversation sur Proust, sans fard ni esbroufe, dans la ferveur d'une admiration partagée. Ce soir étoilé de mai dans les senteurs des cyprès et des buis chauffés resterait comme un moment hors du temps, un début de nuit lumineux et serein dans la rumeur de la ville, en marge de tous les soubresauts et de toutes les transes, un temps de béatitude et d'accord si rare que l'enchantement survécut à notre séparation. Il n'était pas certain que nous dussions nous revoir. Christian s'était toujours montré soucieux de protéger notre vie. Lorsqu'elle se leva sur la terrasse où le froid et l'immobilité prolongée commençaient à nous engourdir, sa haute taille m'impressionna. L'autorité et l'élégance que j'avais goûtées dans ses paroles, je les retrouvais plus vives, plus présentes encore dans sa silhouette et dans ses pas. Hélène nous quitta pour se diriger vers la rue Baudelaire où son logement d'étudiante se cachait au fond d'un jardin.

Je la vois partir, remonter la place de la Mairie à belles enjambées cette nuit de mai 1987 comme si c'était hier. Je la vois avec Christian dans la pénombre de son logis d'étudiante qui est comme une sorte de cottage au fond du jardin d'une belle propriété du quartier Sévigné. Je nous revois, bien avant Lille, Bruges et Gand, marchant dans le dédale des passages secrets de Rennes qui permettent d'aller d'une rue à l'autre en découvrant des escaliers, des cours, des splendeurs inconnues. Une sorte de liberté vive nous porte, l'insouciance d'une conversation délivrée du poids des réalités, la griserie légère qui est la nôtre lorsque nous quittons la terrasse du Piccadilly où plusieurs fois au début de cette amitié nous nous retrouvons pour évoquer ses études, ce travail sur Proust qu'elle place sous le signe de l'art. J'enseigne et j'écris. Elle n'a pas ces désirs. Christian, lui, sait qu'il veut devenir professeur. Hélène n'a pas cette vocation. J'apprends à la connaître. Elle part quelquefois à Amsterdam rejoindre un ami. J'ai le souvenir d'un nom comme Robert. Elle passe de longues heures nocturnes à soutenir une de ses cousines cavalière — son cheval l'a suivie de Maisons-Laffitte dans une écurie de la banlieue rennaise —, cette proximité régulière souhaitée par l'autre jeune femme semble lui peser, mais je mesure à quel point les liens de la famille, de la tribu devrais-je dire, sont pour elle sacrés.

À l'origine de tout ce qui va nous unir, et peut-être plus encore que le charme de cette première conversation proustienne, il y a de toute évidence notre ancrage finistérien. Des heures déjà, j'écouterais Hélène parler de Brest et de sa rade, de ses môles, de ses darses, de ses jetées sur lesquelles elle aime errer avec un autre ami qui veut peindre, du berceau de sa famille, un petit hameau aux maisons de pierres ocre sur le territoire de la commune de Logonna-Daoulas, à quelques encablures du Faou et juste en face des bois de Landévennec, Porsisquin. Elle se baigne dans la mer glacée quel que soit le temps, les grèves jonchées de laminaires et de goémons, sous les falaises éboulées, sont comme un royaume qu'elle célèbre avec humour et un brin de chauvinisme et d'exaltation qui me touche. La grâce de Proust et de la littérature, si forte pourtant, s'efface dès qu'affleurent les sortilèges de ce qui nous lie déjà en profondeur, les confins de Landévennec et des villes englouties, le balancement des marées et la rage des vents, les grèves, les môles, les lisières océaniques, le passé guerrier et meurtri de Brest. Il y a l'être d'Hélène et son incarnation, cette *vraie vie* que nous invoquons sans cesse, mais je dois dire que les paysages maritimes de la proue du Finistère ont tenu dans l'accomplissement de notre rencontre un rôle éminent, à l'arrière-plan, nous enveloppant de leur souffle et de leur lumière, dans cette ville si peu bretonne où nous nous trouvions alors.

Ce passé lumineux, l'épaisseur de ce temps traversé me reviennent avec une netteté douloureuse comme si l'écran des dernières années, des derniers mois avait explosé. C'est une activité curieuse que celle à laquelle je me livre, je reviens au nimbe des commencements, comme un archiviste halluciné et maniaque, un adorateur nocturne qui voudrait capter dans la ténèbre de son chagrin l'éclat de la lumière des débuts et des seuils. L'histoire est passée, éblouissante, implacable, tragique et elle me laisse seul sur la rive. À moi à qui la littérature a tant donné il ne reste que le secours des mots. Me revient-il de donner à Hélène le tombeau qu'elle n'a pas souhaité avoir ? Elle ne repose pas auprès de son grand-père, qu'elle admirait tant, dans le petit cimetière de Logonna-Daoulas. Elle a voulu cette incinération, ce néant des flammes qui m'effraie plus que tout.

Tombeau : c'est une forme, c'est un chant dont j'aimerais qu'il n'eût pas la froideur mallarméenne. Je rêverais plutôt pour elle d'un lit de lumière, d'une nef enchantée qui l'emmène loin, dans la tradition ophélienne des dérives celtiques. Je note ces lignes dans la pluviosité lugubre d'un été qui me paralyse.

Était-ce un temps marqué par l'insouciance ? C'est l'impression qui domine, celle d'une période qui prolonge l'adolescence et où l'effroi de la mort ne s'enracine pas forcément dans le terreau d'une expérience assumée, cette ultime séquence de la jeunesse où les noms et les ombres de morts ne nous encombrent pas encore. J'allais avoir vingt-huit ans lorsque j'ai rencontré Hélène, elle venait d'en avoir vingt et un. Le deuil nous avait épargnés, la maladie, tout ce qui enténèbre les vies. Nous avions nos angoisses et nos gouffres mais les choses nous avaient été plutôt faciles. Une certaine propension à s'exalter et à admirer, le goût des œuvres et des mots, l'attrait de terres et de villes inconnues nous semblaient plus efficaces que tous les baumes et toutes les thérapies. Hélène avait finalement arrêté son choix, elle avait renoncé aux carrières de la communication qui l'avaient un moment tentée, elle serait professeur. Avais-je exercé une quelconque influence ? Je ne le crois pas. Comme Christian et tous leurs condisciples, elle s'apprêtait à passer du vertige des spéculations à l'action et à la transmission, et cela n'était pas pour lui déplaire. Elle s'agaçait de la vanité de recherches universitaires prétentieuses qui n'apportaient rien et tenaient à ses yeux de l'imposture. Se soumettre aux exigences d'un concours et enseigner était pour elle tout sauf déchoir. Elle pouvait être excentrique dans ses désirs de fête ou encore lorsqu'elle rêvait de marcher dans Venise en robe d'apparat — ce que je la vis faire — mais le sens des réalités et un fond de pragmatisme l'emportaient sans pourtant qu'elle crût à cette société et à ses institutions et qu'elle voulût y faire carrière. Telle elle était alors que tout commençait pour elle, tranchante par certains aspects et faussement assurée, enthousiaste et parfois extravagante, prompte à s'emballer, à admirer surtout, résolue, volontaire, abhorrant les masques et les poses.

Il n'y avait pas dans son entourage proche que sa cousine cavalière, laquelle était vite repartie à Maisons-Laffitte après avoir épuisé Hélène dans des discussions nocturnes sans issue et sans fin. Il y avait aussi cette autre cousine singulière et fantasque à laquelle l'attachait, je l'avais tout de suite deviné, un lien extraordinairement fort et secret. Cette année-là, qui était la première de son professorat, Hélène avait loué un studio dans un bel immeuble ancien rue du Chapitre, à quelques pas de la cathédrale. Pascale y faisait halte lorsqu'elle venait présenter à Rennes et dans sa région les jouets de luxe et les poupées de collection qu'elle vendait. C'était une jeune femme vive aux cheveux auburn qui avait été très brièvement mariée — le grand-père breton, plein d'indulgence, avait parlé d'un mariage de fantaisie — et menait une vie très libre semée de rencontres et d'aventures, de folles nuits qui la voyaient aller d'un bout à l'autre de Paris pour le plaisir d'un rendez-vous, d'une fête où l'on buvait et fumait jusqu'à pas d'heure et d'où l'on sortait rarement seul.

Dès que j'avais fait sa connaissance, Pascale m'avait charmé par son originalité et sa liberté, cette intelligence des êtres et des situations qui la caractérisait profondément, cette attention aussi qu'elle savait porter aux autres et qui faisait que dans ses relations elle ne commettait jamais d'impair. Hélène avait accompagné Pascale dans nombre de nuits d'excès et de situations extrêmes dont je ne savais rien, et c'était précisément la qualité de ce lien rare et mystérieux qui m'intriguait et me subjuguait. Au plus noir d'une adolescence difficile et troublée, Pascale avait trouvé refuge à Brest chez les parents d'Hélène, et c'était à ce moment sans doute que s'était nouée cette relation qui pouvait avoir quelque chose de sororal et de gémellaire. Il y avait pour Hélène quelques êtres essentiels, intouchables, sacrés et Pascale était de ceux-là. Ces êtres, j'avais appris à les connaître — son grand-père, sa sœur Emmanuelle, son ami peintre Éric — et il ne s'agissait surtout pas d'émettre à leur encontre la moindre réserve : Hélène se raidissait aussitôt, l'animait alors la fougue d'une tigresse prête à défendre les siens.

Celle qui m'avait ébloui un soir de mai en commandant un Chivas et en parlant si justement de Proust était entrée dans ma vie à tel point que toute notion de temps, d'antériorité des relations n'existait plus. La confiance, la connivence étaient absolues et elles l'avaient été très vite dès que nous avions commencé à nous revoir, progressivement, graduellement jusqu'à ne plus nous quitter ou être en liaison téléphonique permanente. Ayant aperçu un soir dans son sac, alors que le hasard nous avait fait nous retrouver dans le même train, une robe rouge, ce qui m'avait fait m'écrier : « la robe de Vellini », en songeant au personnage du roman de Barbey d'Aurevilly sur lequel je devais me pencher à ce moment-là, je n'avais pas eu à lui demander de porter cette robe. Elle l'avait mise un soir que nous devions dîner dans le petit cottage de la rue Baudelaire. Le rouge lui allait à merveille et la robe de Vellini mettait en valeur son élégance native et sa haute taille.

Une vie s'organisait avec ses êtres, ses lieux, ses rites, ses noms, dans cette insouciance que j'ai dite, cette liberté. Nous dînions au cottage, rue du Chapitre ensuite, plus rarement chez moi, au restaurant et plus souvent encore dès qu'Hélène eut reçu ses premiers salaires. Christian, dès l'automne de 1989, avait rejoint Brest où il avait demandé un poste. Il n'avait pas choisi de rester à Rennes pour son stage. Peut-être avait-il cette fois pris ombrage d'une complicité trop forte qui tendait à l'exclure. La tentation brestoise n'avait pas effleuré Hélène un seul instant. La ville bétonnée, les mouettes, les grues, la lumière vénitienne qui flotte sur le cours d'Ajot l'attireraient bien plus tard.

Je garde d'un printemps lointain, celui de 1990, quelques souvenirs plus contrastés. Avec Christian et l'une de mes amies de vieille souche, Annie, nous étions partis à Venise pour le carnaval, Hélène avait accompli son rêve, elle avait marché dans sa robe somptueuse à travers le dédale des *calli* et sur les quais de marbre. Ces journées étaient printanières et bénies, nous avions l'énergie de marcheurs matinaux, impénitents, nocturnes. Rien ne nous arrêtait : nous étions à contempler les magnifiques Carpaccio de la scuola du quai des Esclavons, saint Augustin claquemuré dans son cabinet d'étude et de prière, au bout de pas le long d'un chemin d'eaux plus troubles l'après-midi, nous trouvait au pied de la grande mosaïque du *Jugement* de Torcello, quelques minutes de repos suffiraient avant que nous reprenions le rythme inlassable de nos déambulations sur les places, les tertres, les labyrinthes du ghetto dans un sentiment de force et de plénitude que m'ont toujours donné les jours de février.

Hélène puisait elle aussi avec ravissement aux lumières et aux forces de ce février vital. Il me serait permis de le vérifier plus tard, elle croyait au mouvement de la reverdie, d'un monde qui renaît. Était-ce là l'effet des récits de son grand-père auquel la liait une affection si forte qu'elle placerait bientôt chez elle une belle photo de lui qui le montrait installé dans un pousse-pousse à Saigon dans les années vingt ? Après le mois noir, la déréliction de l'hiver, l'angoisse des journées sans lumière, les vieux Bretons attendaient avec impatience la grâce des jours de printemps, les bourgeons, le ballet des bouvreuils et des grives dans les vergers, ce retour de la sève, du soleil et de la vie qui allait de pair avec la marche vers Pâques et la révélation d'un tombeau descellé.

C'est à cette grâce que nous avions tous communié dans une ville que j'avais découverte en compagnie de Christian deux ans plus tôt, émus par cette beauté, ces présences esthétiques — Carpaccio nous comblait — et les souvenirs mêlés de Proust et de Visconti dont nous parlions sans cesse. Hélène regrettait que Visconti ne fût pas allé jusqu'au bout de son projet de filmer la *Recherche*. Les fantômes de Tadzio et du narrateur allant par le dédale des *calli* comme entre les portants d'un théâtre d'Orient enchanté ne nous quittaient pas. Hélène était somptueuse, altière, détachée de tout, elle marchait sur les marbres, les pierres tombales des évêques et des doges, les quais que mouillait l'*acqua alta*, elle était dans son rêve, dans sa ville, aimantée par les figures de Visconti et de Proust.

Le retour avait été plus rude. L'agonie de mon grand-père maternel se profilait. J'allais vivre mon premier deuil. Hélène serait d'un réconfort sans faille, sans mots particuliers, par sa seule présence, elle qui aurait à connaître ce même printemps d'autres soucis. Nous n'étions pas rentrés à Rennes qu'elle recevait la visite de Pascale, une visite qui paraissait échapper au cycle des tournées et des voyages habituels. Plusieurs échanges téléphoniques sibyllins avaient préparé cette venue. J'avais compris que la situation n'était pas transparente et qu'elle impliquait peut-être des personnes que je connaissais. La version qui me serait servie disait que Pascale, harassée par la vie qu'elle menait à Paris, était venue se reposer quelques jours chez Hélène. Pascale était en effet plus creusée, moins rieuse, moins démonstrative, mais la conjonction de ces journées oisives et de la sollicitude d'Hélène avait vite agi.

Ce même printemps, à la suite d'une contrariété professionnelle — une inspection qui s'était déroulée dans des conditions indignes et brutales —, Hélène s'était sentie extrêmement blessée et fatiguée, à tel point qu'elle était rentrée chez ses parents à Brest. J'avais fait le voyage pour la voir. Elle m'était apparue sombre, tendue, extraordinairement inquiète. Dans un parcours brillant, cette déconvenue avait eu l'effet d'une massue. Elle s'était confiée à sa sœur médecin qui avait aussitôt diligenté des examens. Les choses semblaient sérieuses. On parlait de scanner. Je ne suis pas sûr d'avoir considéré alors la situation à sa juste mesure. Je flottais dans le marasme du deuil. Lorsqu'elle revint à Rennes, Hélène m'annonça que les examens avaient permis de déceler la présence d'un nodule dans l'hypophyse. Elle le disait avec une certaine gravité, tout en ajoutant que ce n'était rien et qu'un traitement serait malgré tout nécessaire pour qu'elle pût vivre avec ce « petit grain ». D'un trait d'humour elle avait conjuré la formidable angoisse des derniers jours, toujours elle aurait le secret de ces notes humoristiques, de ces bons mots ciselés par elle pour tenir à distance le pire. L'existence d'un traitement, la certitude qui lui avait été donnée que tout cela était curable, plus encore la présence vigilante de sa sœur Emmanuelle qui allait suivre de très près toute cette affaire la rassuraient.

Entre le vital février de Venise et les jours de ce printemps froid, quelque chose de noir était insidieusement entré dans nos vies qui ne nous quitterait plus.

Hélène mettait dans ses relations privilégiées une forme d'incandescence qui m'avait immédiatement séduit. Elle ne cherchait pas à fréquenter une élite, mais elle était la femme des *happy few*. Les pleutres, les fades, les gens quelconques l'ennuyaient et suscitaient sa moquerie. Dès qu'il était question de littérature et d'art, son exigence croissait. Elle avait gardé un souvenir intense et ému des cours de cette femme, professeur de khâgne à Brest, qui lui avait fait découvrir les subtilités de l'analyse des textes et ce que pouvait être une vie éclairée par la littérature. Cette femme, par son intelligence, son intransigeance aussi dont elle n'avait jamais eu à souffrir, était pour elle une sorte de modèle. Celui du professeur admiré, cultivé, d'une implacable précision, sensible. Autant dire que tous ceux qu'elle avait pu entendre par la suite et qui étaient loin d'avoir cette qualité et cette hauteur — en particulier à l'université de Rennes 2 — recevaient de sa part sans attendre une pluie de flèches. Elle les rangeait sans indulgence dans la catégorie des « brelles ».

Elle avait plus que d'autres le besoin d'admirer et elle ne supportait pas d'être déçue. Cette incandescence qu'elle mettait dans ses relations était plus vive encore à l'égard des intouchables, ceux qu'elle plaçait très haut et qui portaient un nimbe ou une aigrette invisible. Pascale pouvait prendre tous les risques, conduire en ayant trop bu, fumer, exposer sa vie, tomber dans les bras d'un inconnu, ne jamais payer ses contraventions, narguer avec plaisir la loi et ceux qui l'incarnaient, elle aurait toujours droit à la protection affectueuse de sa cousine. C'était de l'ordre d'une élection. C'était de l'ordre d'un pacte. Quelques mois les séparaient — Hélène était de novembre, Pascale de janvier suivant —, même si Pascale affirmait sans rire qu'elles n'avaient pas du tout le même âge. La cadette voulait être plus jeune, plus belle, plus libre, papillon fantasque elle pensait détenir la capacité de séduction la plus grande, elle aimait même exercer une sorte d'ascendant sur Hélène. C'était elle qui connaissait la géographie des bars des XIXe et XXe arrondissements, c'était elle qui sortait tous les soirs, multipliant les rencontres et les expériences. Un gouffre l'habitait qu'elle fuyait sans cesse. Et Hélène, parce qu'elle connaissait l'existence de ce gouffre, accompagnait Pascale et la protégeait. Parfois elle trouvait que c'en était trop : trop de nuits folles, trop d'escapades, trop de dépenses, trop d'amants. Rien ne pourrait jamais retenir un feu follet. Il était inenvisageable d'espérer enfermer Pascale, de l'écarter du cercle des séductions, impensable d'arrimer celle qui n'aspirait qu'à partir. Des nuits entières elles se parlaient, au téléphone, à Paris lorsqu'elles s'y retrouvaient, dans ces bars entre le Rosebud et le Piston Pélican où Pascale aimait jouer la tentatrice et où elle vous entraînait avec d'autant plus de jubilation que vous lui aviez annoncé votre intention de vous lever aux aurores le lendemain ; des nuits entières elles avaient flirté avec l'extrême, à la lisière de tous les vertiges. Au bout de ses escapades, de ses folles équipées qui la laissaient souvent exsangue et blessée, Pascale savait pouvoir compter sur Hélène, sur son havre, sur l'assurance de son écoute, sur les bains glacés et iodés qu'elles prendraient à la première occasion dans l'anse de Porsisquin. Et ces bains procureraient à Pascale l'effet qu'ils avaient aussi pour Hélène, revigorants, réparateurs. Ils effaçaient toute la folie de la ville, les déchirures des passions, l'attirance vénéneuse des garçons, le tropisme des breuvages forts, des poisons. Ils façonnaient un corps nouveau, de sel et d'écume, lisse, pansé, un corps d'ondine prête à défier les courants entre Landévennec et Logonna, entre les caches de l'île Longue et les sédiments perdus de la splendide Ys.

Tout aussi fort était le lien qui l'unissait à Éric, son ami peintre. Elle avait une confiance absolue en lui, dans sa valeur, son talent, dans ce qu'il donnerait. Elle n'était dupe ni des manies ni des travers de ses amis, mais une forme de générosité suprême subsumait tout le reste. Autant elle pouvait vite s'agacer d'attitudes ou de paroles de gens qui auraient dû normalement la laisser indifférente, autant elle était prompte à couvrir du voile de sa bienveillance ce qui aurait été de nature à l'irriter ou à la décevoir chez ceux qu'elle aimait. La complicité avec Éric était née au lycée dans l'admiration éperdue de Staël, de Cy Twombly et de Tarkovski. L'avaient renforcée les heures d'errance au port de Brest entre les cales et les pontons, les grues et les formes de radoub, sous cette double volée de marches cinématographiques qui descend du cours d'Ajot, ces heures passées à scruter les reflets de la mer, les nuances de l'émeraude, les luisances des flaques, les silhouettes qui patientent à la lueur des réverbères. Éric avait peint, rageusement, sur des draps, des toiles écrues, des balafres, des paraphes, des coagulations de jade et d'obsidienne. Monté à Paris pour y poursuivre ses études, il avait retrouvé Pascale qui lui avait fait connaître la géographie de ses bars et de ses lieux interlopes. Elle lui avait montré la colonie merveilleuse des anges qui peuplaient ses nuits. Entre Montparnasse, le parc Monceau et l'est de Paris, Éric avait été un temps son compagnon des fiévreuses traversées.

Hélène avait suivi le modèle de cette femme, Rosa Lucas je crois, qui l'avait tant impressionnée l'année de sa khâgne. Je l'avais vue commencer, elle était venue faire cours dans ma classe, dans ce lycée auprès du Thabor où j'enseignais alors. Elle portait souvent un tailleur ocre au pantalon large et flottant dont je raffolais. Elle s'asseyait sur le bureau, croisait les jambes, la gestuelle était souveraine, il ne lui manquait que la cigarette qu'elle tenait d'ordinaire dans un mélange d'autorité et d'élégance. Ensuite nous allions commenter le cours — qui appelait peu de critiques — dans le jardin public en tournant autour de la volière ou dans les profondeurs grenat du Picca. Nous y reviendrions dîner si d'aventure Pascale était de passage à Rennes. C'était ce printemps froid qui avait suivi notre voyage à Venise. C'étaient les derniers mois de la présence d'Hélène à Rennes. Il était exceptionnel, en effet, que les jeunes professeurs fussent nommés dans leur académie d'origine à l'issue de leur stage. Christian pouvait compter sur le service militaire qu'il ferait à Brest. Hélène avait compris qu'elle échapperait difficilement à l'exil du Nord.

L'étudiante brillante, celle qui avait un temps songé, sans doute pour s'amuser, à un métier dans la communication, celle qui s'était tournée vers l'enseignement en souvenir des cours magistraux qu'elle avait entendus sur Proust se retrouverait, comme beaucoup de ses condisciples, entre une ville aux façades de briques et les terrils spectraux et abandonnés du Nord, dans deux collèges de l'ancien bassin minier de Béthune. Après un été avec les siens et un dernier bain dans les eaux de la rade de Brest, à Porsisquin, elle avait pris la route, courageusement, prête à affronter l'épreuve. Elle dirait après que tout avait relevé de l'épreuve, l'étrangeté des accents difficilement compréhensibles, les paysages, la misère surtout et sa solitude. À aucun moment elle ne s'était estimée envoyée en mission. C'était ainsi et elle devait faire face. Elle enseignait la langue, la grammaire, la littérature à des enfants dont les parents, pour une part importante, n'avaient jamais travaillé. Elle se levait tôt pour traverser la plaine embrumée et boueuse, les corons aux fenêtres murées — sans doute afin d'empêcher toute colonisation intempestive —, les villages aux longues rues éclairées de froids réverbères. Elle découvrait tout un monde, la forte présence polonaise, un univers, celui de la mine, qui n'en finissait pas de mourir et tentait de survivre en sauvant quelques rites, la misère de ces adolescents aux parents rongés par l'alcool, tous ces compagnons d'infortune venus d'horizons très divers, ces déracinés que l'éducation nationale avait transplantés là.

Nous nous parlions le soir. Nous passions des heures au téléphone. Il nous arrivait même de boire un whisky tout en parlant, comme nous le faisions à la belle époque du cottage, du studio de la rue du Chapitre et des soirées au Picca. Dans ma vie rennaise personne ne l'avait remplacée. Le sentiment de solitude, qu'aiguisait la lumière dorée d'automne, était vif. Personne ne la remplacerait jamais. D'autant que nous avions notre rite du soir et notre conversation qui pouvait durer des heures. Seulement nous ne foulions plus ensemble le pavage du déambulatoire de la cathédrale sous les chapeaux pendus des cardinaux défunts, les pavés inégaux des rues environnantes, les lattes grossières de la terrasse du Picca. Je n'allais guère du côté du Thabor, de tous ces lieux où nous avions eu nos habitudes.

De temps en temps Hélène m'envoyait des cartes postales qui représentaient des mineurs — je les ai toutes gardées — en me parlant des romans de Maxence Van der Meersch. Elle tentait de tenir bon. Un univers codé se mettait en place dans nos échanges du soir, elle affublait volontiers de surnoms les membres de l'administration, les élèves, certains collègues. Et je suivais sa vie pas à pas comme si elle eût été non loin de moi. Ces temps-là, je m'en souviens maintenant plus nettement, elle allait quelquefois à Lille subir des examens médicaux. Il lui fallait partir de bonne heure, à jeun. Elle ne s'appesantissait jamais sur le sujet. Le nodule qui avait été décelé au printemps n'avait d'existence qu'allusive et discrète.

Toutes ces années, régulièrement, tous les deux mois, plus souvent parfois, je prendrais le chemin du Nord. Les beffrois, les maisons hanséatiques, les poternes sous les porches de briques, les terrils, les corons et les béguinages n'auraient plus de secret pour moi. D'un appartement commode mais sans charme Hélène avait fait, en récupérant chez Emmaüs un joli confiturier, un pupitre, de vieilles cartes, un endroit agréable et cosy. Sur le pupitre au bois mal équarri elle avait disposé un caillou de la grève de Porsisquin et un peu de bruyère. C'était dans ce havre décoré avec goût qu'elle trouvait refuge après les journées harassantes dans ce misérable collège près d'un café rempli de buveurs de genièvre et du coron aux fenêtres murées. J'aimais cet endroit comme j'ai aimé tous les appartements agencés par elle, sans doute à cause de ce goût qu'elle avait pour les vieux objets, les bois délavés qui lui rappelaient les ponts des bateaux, les accointances insolites. La ville n'était pas sans charme avec son beffroi et ses maisons de briques. Mais, dès qu'on la quittait, il fallait affronter le paysage, plat, sans âme, venté. Évidemment il y avait Lille, son vieux quartier avec ce libraire un peu snob à l'accent roumain et que nous avions baptisé Cent-Quatorze parce qu'il avait ainsi laissé tomber laconiquement le montant d'une de mes notes, il y avait donc Cent-Quatorze, ses plaquettes rares de Fata Morgana, les beaux estaminets avec les vitres au verre épais et les flammes lancéolées des bougies qui vibraient sur les tables, plus loin il y avait Bruges, les canaux, la pelouse du béguinage que nous aimions plus que tout, et Gand et l'herbe lumineuse et sacrée du retable de *L'Agneau mystique* de Van Eyck découverte un soir de 2 novembre, à l'heure de la messe des morts, alors que le lourd vaisseau de la cathédrale Saint-Bavon s'enfonçait dans les ténèbres, l'herbe vitale, d'un vert d'éternité, ponctuée de grelots d'or.

Je déroule le fil de toutes ces années et il me semble qu'une lumière voilée les inonde, impression que je n'eus jamais alors. Le rythme même de ces années intenses, l'allégresse de nos retrouvailles effaçaient toutes les appréhensions, tous les pressentiments obscurs. Hélène commençait à s'ennuyer dans son exil du Nord et elle aspirait à une autre vie. Dès qu'elle le pouvait, elle filait à Paris où elle retrouvait Pascale. De ces moments je n'avais que des bribes et des échos indirects. Pascale n'avait pas renoncé à sa folle vie. Elle courait toujours autant, toutes les nuits, brûlant ses forces jusqu'à l'épuisement. Elle ne devait pas toujours être très en forme pour vendre ses jouets luxueux et ses poupées de collection, mais elle semblait bénéficier de la protection aveugle d'un patron charmant qui avait été dans les années cinquante un élève de Julien Gracq au lycée Claude-Bernard. Les rares fois où je passai à la boutique, j'aperçus l'épouse du patron qui maugréait, manifestement irritée par les agissements de Pascale, laquelle n'était pas à une provocation près.

De sa vie dans le Pas-de-Calais, de ses escapades parisiennes, Hélène s'était lassée. Elle avait noué à Béthune des amitiés solides, souvent avec de jeunes professeurs dont le premier souhait était de rentrer dans leur région d'origine. Les nuits trop courtes, les breuvages et les cigarettes à n'en plus finir, l'atmosphère enfumée des bars, les rendez-vous qui se prolongeaient, d'autres qui se profilaient, ce n'était plus son monde. Le lien qui l'unissait à Pascale était toujours aussi fort, mais elle ne saurait la rejoindre dans la soif autodestructrice qui la rongeait. Les derniers temps de ses années béthunoises, Hélène avait trouvé refuge pour les fins de semaines dans un studio que louait Éric en plein Sentier, rue du Croissant, et qu'il utilisait peu. Pascale s'était émue de cette distance qu'elle devait considérer comme un manquement. La vie d'Hélène à Béthune était exigeante et rude et Hélène ne faisait rien à la légère. Elle préparait impeccablement ses cours parce qu'elle avait un sens aigu de son devoir. Elle avait aimé les excentricités et les extravagances, au fond d'elle-même elle en gardait le goût, mais elle connaissait aussi le prix des réalités et n'était pas rétive à une certaine discipline.

À Paris, lorsqu'elle parvenait à échapper à l'emprise un peu tyrannique de Pascale, elle revivait. Tôt le matin elle aimait traverser les jardins du Palais-Royal, elle allait marcher sur les quais de Seine, profitant seule, dans la lumière naissante, de la beauté de Paris. Elle aimait les galeries vides du Palais-Royal, la cour du Louvre déserte, les ponts, les quais avec les boîtes calfatées des bouquinistes. Il était trop tôt pour espérer trouver un volume de la *Recherche* qui lui manquait dans l'édition de la NRF des années trente ou encore un exemplaire de Jouve avec le casque ailé du Mercure. Souvent elle allait lire ensuite à la terrasse d'un café de la rue Montorgueil dont le spectacle permanent la ravissait avec ces créatures branchées, anorexiques, osseuses, souvent habillées de noir — ces mêmes filles qu'elle devait croiser dans les bistrots à la mode de Bastille ou du XXe arrondissement — et qu'elle appelait des araignées.

Ces matins de Paris la lavaient de ses contrariétés et de ses fatigues. À Béthune elle risquait de rencontrer une connaissance à chaque coin de rue et elle n'avait pas toujours l'énergie d'aller jusqu'à Lille. Ensuite elle irait écouter Éric lui parler de sa passion immodérée pour Staël et Tarkovski, elle rejoindrait Pascale émergeant des brumes d'une nuit trop brève, oublieuse parfois des gens qu'elle avait vus et des lieux qu'elle avait visités, et ces quelques heures dans le petit appartement de la rue des Pyrénées sentant le tabac froid lui donneraient vite la nausée.

Elle était devenue — elle me le redirait souvent — un piéton de Paris, d'une ville découverte sans contrainte, alors que rien ne l'assiégeait encore, dans la fraîcheur des matins de Seine et des ciels ressuyés. Elle semblait heureuse de ce lien puissant, de cet accord qui naissait. Elle n'avait jamais eu cette relation avec Rennes qu'elle tenait pour une ville sans grand intérêt. Très différent, matriciel, profond, enrichi par son goût du large et la proximité poétique de Genet, était le lien qui l'attachait à Brest, sa ville, dont elle parlait comme d'un univers mémoriel ou mental, plus forcément comme d'un lieu où elle souhaiterait vivre. Les villes, pour elle, s'appréhendaient dans la liberté de pas matinaux et avides, j'aurais l'occasion de le vérifier à Dublin, à Tolède, à Prague, à Moscou et dans d'autres capitales d'Europe que nous avons parcourues ensemble.

Sans doute est-ce au cours de ces balades matinales qu'elle avait conçu le désir de s'installer à Paris et de m'inviter à l'y rejoindre ensuite. Elle ne disait rien, si ce n'est qu'elle étouffait dans le Nord et qu'elle commençait à souffrir d'une vie monotone et usante. Elle songeait aussi à préparer, malgré ses cours, l'agrégation, ce qui lui donnerait la possibilité d'enseigner devant des élèves un peu plus âgés et intéressés par la littérature. Elle paraissait un peu lasse d'une énième leçon sur le complément d'objet et des œuvrettes pour la jeunesse.

Elle était tombée amoureuse de Paris et plus encore du cœur de Paris, surtout depuis qu'elle avait la jouissance de ce studio dans une rue chargée d'histoire, en plein quartier de la presse et du tissu, les rotatives des imprimeries tournaient encore. Molière avait été enterré dans le cimetière de Saint-Eustache qui longeait cette rue — Armande Béjart avait même fait livrer des cordes de bois pour réchauffer les pauvres qui se massaient sur sa tombe, ce qui avait fracturé la pierre funéraire —, Jaurès était tombé au croisement des rues Montmartre et du Croissant et la mère de Mozart était morte non loin de là, une lourde journée d'été. De ce cœur ancien, saturé d'ombres et de hautes figures, elle pouvait allait rêver dans le dédale des passages couverts en imaginant la localisation de sa future maison. Mais, en fille de la mer et des rivages, elle était invinciblement attirée par les berges, les quais, les présences aquatiques. L'enclave du Palais-Royal la fascinait, le miroir des bassins, les fleurs, le brusque réveil des jets d'eau qui déchirait le silence, en deçà de la lisière que traçait l'ancien palais cardinal elle avait l'impression d'être encore dans un espace provincial et protégé, une zone qui avait su résister aux injures de la modernité, le Paris inviolé de Richelieu et de Molière. Le dimanche la rue de Rivoli était déserte, elle passait les guichets du Louvre, s’aventurait dans un domaine étrangement minéral et froid, sans arbre, sans eau, asservi aux courants d’air, entre le Carrousel de Napoléon et la pyramide de François Mitterrand. Elle marchait vers le fleuve, vers la passerelle des Arts, trait d’union suspendu qu’elle aimait plus que tout, elle voulait voir la Seine, ses courants marneux et entendre les oiseaux de mer égarés qui remontaient de l’estuaire.

Rien n'assombrirait jamais notre relation. Nous partagions trop de choses, nous nous retrouvions dans tant de goûts, de hantises, d'élections. J'avais un besoin absolu d'Hélène, de son regard, de son amour. Des territoires s'ajoutaient sans cesse à ceux que nous pensions connaître, j'avais appris à apprécier la présence de Pascale et d'Éric, cette intense urgence d'exister qui les rassemblait. Tant de marches communes, le long des canaux de Gand ou des quais de Seine, tant de conversations crépusculaires avaient été consacrées à l'évocation de ces sujets vers lesquels nous revenions inépuisablement, les livres, l'art, les voyages, les désirs, et pour lesquels il était rare que survînt l'ombre d'un désaccord. L'exil nordique avait donné à Hélène une maturité qui la rendait encore plus rapide et plus tranchante dans ses jugements. Avec ironie elle aimait se dépeindre comme une grande fille toute simple, c'étaient ses mots, elle qui avait dans ses lectures des œuvres tout comme son déchiffrement des êtres une rare sûreté d'analyse. On la trompait difficilement. Dans les soirées auxquelles il m'était donné de participer à ses côtés, il m'arrivait de craindre la vivacité de ses reparties surtout si elle devait être en présence d'importuns, de balourds, de poseurs surfaits ou d'« araignées ». La flèche partait sans attendre. Et l'adversaire était en cendres qui ne l'avait pas vu venir.

La comédie sociale ne l'amusait qu'à demi. Elle trouvait que les habitués du quartier de Saint-Germain-des-Prés avaient le nez haut. Elle disait en allemand « hochnäsig ». Elle aimait trop les relations profondes et justes pour s'accommoder de l'hypocrisie mondaine. Elle débusquait les ridicules, elle avait un sens du portrait, de la caricature féroce, elle surnommait volontiers comme je l'avais entendu faire en Bretagne en soulignant ou en épinglant un travers, elle était intraitable, d'une insolence et d'une lucidité que rien n'arrêtait.

Ceux en qui elle avait mis toute sa confiance échapperaient toujours à ses sarcasmes, à ses mots d'esprit, et ce malgré l'agacement qu'elle pouvait avoir parfois. Sa patience était alors difficilement ébranlable. Les foucades et les caprices d'Éric qui pouvait aussi se montrer d'une intransigeance foudroyante la laissaient en apparence insensible même si elle avait à en faire les frais, à propos d'un goût qu'elle avait confessé, d'une opinion qu'elle avait défendue. Les pactes passés dans l'enfance et l'adolescence tout près de la rade de Brest, sur la terre des ancêtres, résistaient à l'usure et aux vicissitudes, ils portaient dans leur blason l'ossature granitique des landes fleuries de bruyères et d'ajoncs, la lumière des flots d'Iroise lorsque l'on glisse vers l'île d'Ouessant.

Dans l'exil du Pas-de-Calais, à Paris, la Bretagne l'habitait sans cesse. Jamais de manière ostentatoire et fausse, en profondeur, avec ce respect dû aux passeurs de la mémoire au premier rang desquels figurait son grand-père, avec cette ferveur aussi que décelaient seuls les initiés et les connaisseurs. Il ne s'y mêlait aucun sentimentalisme, aucun pathos. Fille des môles, des ports que mouillait une fine lumière, légère et vénitienne, des grèves et des chemins vertigineux des proues de l'Armorique, Hélène portait en elle cette tradition et ce legs, elle aimait les rafales, l'air qui cingle, la rudesse de l'élément, le tumulte des vagues à l'approche de la tempête. D'où peut-être cette force qui émanait d'elle, la vigueur d'une nageuse des anses glacées, d'une marcheuse des confins qui ne craignait ni l'orage ni le vent. À Béthune, à Paris, c'était comme une souffrance lorsqu'elle entendait monter la tempête. On sentait aussitôt qu'elle aurait voulu être à Porsisquin, au Conquet à l'embarcadère d'Ouessant pour admirer la crête grise des vagues et les gros bouillons d'écume, la mer pollinisée qui criblait les visages dans un floconnement de tessons vifs. Sa mer, c'était l'Atlantique, avec sa sauvagerie, ses sursauts, ses scintillations d'émeraude, ses avancées lisses et mystérieuses dans la terre comme des miroitements de fjords ; la Manche blafarde, étale, grisâtre, perdue au bout de longues étendues sableuses ne l'attirait guère, la mer du Nord immensément hivernale et dont l'évocation bien vue l'amusait dans une chanson de Souchon.

Sans doute était-ce pour cela que notre rencontre avait eu une telle intensité, parce que les livres, les mots, les icônes, les accomplissements de l'art nous comblaient mais aussi parce que derrière eux, à côté d'eux ne cessait de battre le cœur sensible du monde avec sa rugosité, sa puissance abyssale, cette force qui remontait des fosses qui avaient vu sombrer la ville d'Ys, cette électricité fulgurante et sauvage qui accompagnait la course du cheval des vagues emportant le vieux roi méhaignié. À la mort de mon grand-père maternel en mars 1990, Hélène avait eu ce mot superbe en évoquant la messe d'enterrement dans l'église que frôlait la marée haute : « C'était la continuité de ta légende. » Elle disait juste. La mienne était nourrie de vieillards tutélaires et insubmersibles, de chapelles aux plafonds incrustés d'étoiles, de retables d'or, d'ossuaires, de landes, de flots et de jusants. La sienne d'eaux hautes sous les falaises éboulées, de vieux sages volubiles, d'aubépines et de genêts, de tempêtes qui s'enflaient à la ligne des flots, à la suture invisible des îles d'oubli et des cités disparues.

Souvent j'ai vu Hélène vibrer, s'enflammer dès qu'il était question de sa terre, je l'ai vue radieuse, grisée dans le vent de la pointe de Pen-Hir, les ruines du manoir flamboyant de Saint-Pol-Roux ou encore, de l'autre côté de la rade, celles de l'abbaye Saint-Matthieu, mais je l'ai rarement vue aussi heureuse, aussi continûment exaltée qu'en Irlande au printemps de 1993. C'était la troisième année de son séjour béthunois. J'avais offert le billet d'avion à Pascale pour qu'elle puisse être des nôtres. On pouvait redouter une semaine pluvieuse et froide, ces jours d'avril furent éclairés d'un soleil constant.

Pascale nous avait rejoints dans un rare état d'épuisement. Elle disait qu'à Paris elle ne trouvait plus le sommeil. L'angoisse d'avoir à se replier chez elle, l'appréhension à l'idée de devoir dormir seule étaient si aiguës qu'elles l'entraînaient dans une fuite sans fin de bar en bar. Elle portait le merveilleux chapeau à plumes qu'Éric lui avait trouvé dans la boutique d'une créatrice et elle partait pour un périple nocturne, à la recherche d'anges qu'elle suivrait ou qu'elle entraînerait chez elle. C'étaient parfois des appartements somptueux décorés de magnifiques Garuda, le coursier multicolore et ébouriffé de Vishnu, d'autres fois des logis bien plus improbables où vivait toute une faune de la nuit. Elle était arrivée en Irlande blême, cernée, amaigrie, à tel point que je m'étais demandé si elle ne venait pas de faire un bref séjour à l'hôpital. Il fallait la laver de ses tentations destructrices, l'arracher à l'univers aveugle et enfumé de ses bars favoris.

Je la revois surprise et fascinée dès que nous avons pris la *Military Road* pour dominer les landes et les tourbières avant de descendre vers Glendalough. L'ampleur du paysage, les strates noires de la tourbe, les cataractes d'eau brune qui jaillissaient, la lande roussie par la neige, les chaos de pierres, les arbres nains et noueux près des ruisseaux d'eaux vives, tout l'étonnait et la ravissait. Je la revois endormie, adossée à un tronc, dans l'herbe verte du cimetière de Glendalough encerclé d'ajoncs en fleur. Dans le vallon des ermites et des moines, exposée au premier soleil, elle paraissait soudain apaisée et heureuse, loin de Paris, des bars glauques, des jalons d'une logique de perdition.

Elle renaissait en effet et ce retour à la vie dans la profusion d'un printemps irlandais tout enluminé d'ajoncs d'or et d'agneaux laineux réjouissait Hélène qui allait à travers ce pays comme chez elle. Une grâce opérait, celle des croix majestueuses que nous nous amusions à déchiffrer, celle des stèles immémoriales de ces petits cimetières herbeux et pentus qui descendaient vers les loughs ou vers la mer, celle des routes chaotiques de l'Antrim dont les tracés en corniche surplombaient un océan bleu et sans vague et les lointains de l'Écosse. J'avais vu Hélène heureuse à Prague un an plus tôt lorsque nous déambulions à Malá Strana ou que nous cherchions dans un bas-côté de Notre-Dame-de-Tyn la fenêtre bouchée qui passait pour avoir été celle de la chambre de Kafka, mais ici sa joie était bien plus forte et plus irradiante. Sans doute la renaissance de Pascale ajoutait-elle à son bonheur. Et il est vrai que la jeune femme que nous avions récupérée hagarde et comateuse mangeait avec appétit, riait, buvait des pintes de Guinness loin du vertige noir qui la happait d'ordinaire.

Il y avait dans l'humeur lumineuse d'Hélène quelque chose de sauvage et de plus fort lié à la magie d'une terre où elle retrouvait, décuplée, la puissance qu'elle avait sentie sur les promontoires de Pen-Hir et de Saint-Matthieu. À plusieurs reprises, elle serait gagnée par cette exaltation contagieuse, tout au nord de l'Irlande sur le petit pont de corde de Carrick-a-Rede qui domine de très haut le vide marin et la rumeur du ressac, sur les pétales basaltiques de la Chaussée des Géants, à l'orée de la route qui s'enfonce dans la mer parmi les festons d'écume, sur cette procession de fleurs pétrifiées qui forme une cristallisation magistrale et sacrée. Marchant à grandes enjambées sur les murailles du Fort du Soleil, au commencement du Donegal, elle m'apparaîtrait comme une guerrière celtique, une femme dressée, fière, prête à tous les défis, tous les combats. Une légère bruine arrivait du lough et le soleil révélait la présence de milliers de gouttelettes d'or en fusion. Pascale et elle tournaient sur les fortifications du monument circulaire comme des déesses, des sentinelles de feu, et le paysage, ouvert à trois cent soixante degrés, du nord au sud et de l'est à l'ouest, des loughs aux tourbières et jusqu'aux landes des collines, les escortait dans leur rotation rituelle.

Je les revois, elles qui ne sont plus, dans la grâce lumineuse de ce printemps d'Antrim et du Donegal — à coup sûr leur comté favori, leur royaume —, je les revois, sentinelles fières et levées du Fort du Soleil, je les revois marchant sur les pas de lave des Géants, saisies par le mouvement de cette échine reptilienne, puis dans l'atmosphère humide et froide et les senteurs de terreau noir des jardins de Glenveigh, je les revois posant en châtelaines dans le bow-window de notre chambre au rez-de-chaussée d'une maison cossue surplombant le Lough Swilly, je nous revois gagnant le phare blanc et perdu de Fanad Head devant une mer d'un bleu intense à l'approche du soir, c'était hier, dans un amont à jamais perdu, dans le bleu céruléen de Fanad Head et l'odeur spongieuse des racines des massifs de Glenveigh, nous marchons pour toujours sur les nénuphars de basalte et les murailles rondes du soleil, et perchés sur un toit du monde, parmi les pierrailles du cairn de la Grande Reine qui roulent éventrées par nos pas, nous buvons à nos flasques quelques gouttes d'or de l'eau vitale et sacrée de Bushmills.

Le vœu d'Hélène s'était réalisé : elle avait obtenu une mutation pour la région parisienne et elle avait enfin quitté le Pas-de-Calais, les brumes glaciales, les corons désaffectés, les terrils qui commençaient à se couvrir de taillis. Elle s'était installée rue du Croissant le temps de trouver un logement qu'elle voulait central, pas trop éloigné de ce quartier qu'elle avait appris à aimer. Son choix s'était porté sur un appartement en soupente, cité Bergère, avec une vue sur l'entrée du Bouillon Chartier et la maison de Lautréamont, de charmantes petites terrasses recouvertes de zinc qu'elle fleurirait et aménagerait en y plaçant un banc de jardin rapporté de la brocante de Chatou. Il y avait des niches pour les livres et les disques, les souvenirs, les galets et les bruyères de Porsisquin, la petite flasque argentée de Bushmills. Au printemps, à l'automne, il nous arrivait de prendre un verre ou de dîner sur les terrasses, un gigantesque Bébé Cadum peint sur la cheminée d'un immeuble du boulevard Montmartre nous souriait. Nous écoutions Souchon, Bashung, Françoise Hardy ; quelques chansons pleines de poésie accompagnaient ces moments d'intimité et de détente sur les toits de Paris.

Les hasards de ma vie professionnelle m'avaient permis de m'échapper de Rennes et j'avais loué un appartement non loin de là, rue Saint-Sauveur. Autant dire que nous avions repris nos rites d'avant l'exil nordique et que nous nous retrouvions sans peine, soit qu'Hélène descendît vers le quartier Montorgueil, soit que l'envie me prît de monter jusqu'à son antre perché, ce que je faisais très souvent, séduit par le confort de l'appartement blanc et la vue sur les toitures, les mansardes, les balcons des immeubles environnants, la perspective de Montmartre et le ciel de Paris.

J'avais repéré en sa compagnie un dimanche matin de printemps, avant même qu'elle eût la certitude d'obtenir sa mutation, ce quartier qui l'avait emballée dès qu'elle l'avait découvert. Elle m'avait montré les jalons de ce Paris qu'elle aimait parcourir, l'enclave silencieuse du Palais-Royal qu'elle abordait toujours par l'entrée du passage du Perron en longeant la vitrine d'une boutique de boîtes à musique, les galeries vides où elle faisait résonner ses pas, la cour Carrée du Louvre, froide, trop minérale et pour moi indissolublement liée à la cérémonie d'hommage à Malraux en 1976 autour du chat égyptien posé sur un piédestal ; le paysage s'ouvrait ensuite avec l'échappée sur la passerelle des Arts, la trouée du fleuve et le dôme de l'Institut.

Ce dimanche matin de mai, remontant vers le Sentier, nous étions entrés un peu par hasard dans l'église Saint-Eustache, la messe de onze heures allait commencer, nous nous étions assis. Il nous était arrivé d'assister à la messe ensemble, mais plutôt à l'étranger. Les proportions du vaisseau, l'orgue, la qualité des chants, la présence du grégorien, les panaches d'encens, la beauté de la liturgie, classique et dépouillée, nous avaient aussitôt émus, il y avait dans cette célébration une forme de gravité, d'intensité renforcée par la personne du célébrant, un homme de petite taille, au crâne rasé et à la voix étrangement métallique, un prêtre nerveux, saisissant, magnétique, habité par ce qu'il disait et faisait. J'apprendrais par la suite à connaître le père Gérard Bénéteau qui était alors le curé de Saint-Eustache. Ce matin de mai, ce qui allait devenir notre territoire avait trouvé au creux du grand vaisseau Renaissance un centre et un foyer.

Contre toute attente Pascale avait manifesté peu d'enthousiasme à l'idée de voir Hélène s'installer à Paris. Elle avait visité l'appartement un soir en mon absence, elle avait eu des mots désagréables sur le quartier, affirmant même qu'un inconnu avait tenté de l'agresser cité Bergère. Tout cela était curieux. La colonie des travestis et des excentriques juchées sur cothurnes qu'attirait le Palace qui vivait ses derniers feux n'aurait pas dû la choquer. Elle avait eu ses habitudes dans un bar à l'angle de la rue Montmartre et de la rue La Fayette et il m'était arrivé de l'y retrouver. Nous nous étions demandé ce qui pouvait justifier cette détestation subite. Peut-être Pascale souhaitait-elle garder une sorte de primauté, c'était elle la Parisienne, celle qui connaissait tous les lieux, celle qui guidait, qui initiait. En quoi l'arrivée d'Hélène sur ce qu'elle considérait comme son territoire la menaçait-elle ? Hélène avait conçu de l'agacement, puis très vite une sorte de douleur. Peut-être y avait-il eu d'autres tentatives, tout aussi décevantes et infructueuses, je ne saurais le dire. Et Pascale avait disparu.

Nous avions su par relations interposées qu'elle avait quitté ce patron charmant qui couvrait tous ses excès et qu'elle était en pourparlers avec une vieille femme dont elle voulait reprendre l'affaire dans le quartier Montparnasse. Quand on connaissait la fantaisie de Pascale et son peu de rigueur financière, on était en droit de craindre le pire. Et Hélène, qui ne me disait pas tout, le craignait. Une après-midi — nous revenions de la Vallée aux Loups — nous étions passés sans nous annoncer dans la boutique. Pascale était entourée des jouets qu'elle avait toujours vendus. Elle s'était montrée aimable, mais mécanique, comme ailleurs. Elle avait encore maigri. De légères plaques rouges la défiguraient. Elle s'était plainte d'une grippe qu'elle ne finissait pas de soigner. Hélène était sortie de cette entrevue très déçue et soucieuse. Elle avait regretté cette intrusion de voyeurs, elle avait regretté de ne pas l'avoir prévenue pour qu'elle ait eu le temps de s'apprêter et de retrouver un peu de splendeur. Pour Hélène, il ne devait pas y avoir que les affaires qui allaient mal.

— Elle a dû replonger..., avait-elle dit, énigmatique, avec une expression d'infinie souffrance. Elle doit puiser dans la caisse pour survivre...

L'angoisse d'Hélène à cet instant était tout sauf feinte. Elle savait de quels abîmes elle avait tiré sa cousine, l'enfer des extases artificielles et des rencontres improbables, elle connaissait le calvaire, les efforts consentis, la vie reconquise. Le malaise de Pascale, sa fuite incessante s'enracinaient dans ce drame de l'adolescence, la descente dans cet enfer et la contagion. C'était le secret tragique qui expliquait l'attention permanente d'Hélène, sa vigilance et sa douleur dès que Pascale s'échappait. Cette douleur qui la dévorait dès qu'elle voyait sa cousine brûler ses forces, s'étourdir, s'épuiser, s'anéantir, entraîner d'autres dans sa course à l'abîme, voleter comme un papillon qui n'a de cesse de se consumer dans le cercle d'un soleil noir. La thèse à laquelle nous avions un moment cru et qui voulait que Pascale eût pris ombrage de l'installation d'Hélène à Paris ne tenait pas. C'était autre chose, de plus personnel, de plus enfoui et sur lequel personne n'avait prise. Une digue s'était rompue, l'enfer vaincu au sortir de l'adolescence était de retour, il avait peut-être pris le visage d'un ange dealer rencontré dans l'un de ces bars de nuit de l'Est parisien.

Il avait fallu plusieurs heures avant qu'Hélène pût reprendre le rythme d'une conversation normale. Il ne restait plus grand-chose de l'enchantement de la Vallée aux Loups, de la beauté de l'escalier du brick malouin qui nous avait tant séduits dans la maison de Chateaubriand. Des souvenirs, un abattement, une désespérance la rongeaient. Elle rêvait encore d'inviter Pascale, de renouer, de tout faire pour la sauver du désastre.

Pour le travail, qui nous appelait l'un et l'autre à l'extérieur de la ville, nous empruntions les voies souterraines, les RER, les trains de banlieue. J'étais loin d'imaginer la laideur et la désolation de la ceinture et des zones périphériques, l'uniformité du béton, les tunnels, les quartiers carcéraux, l'absence de végétation et l'horreur des tags. Les collèges que je visitais du côté de Goussainville et de Garges-lès-Gonesse m'emplissaient de tristesse, je voyais de jeunes professeurs talentueux, courageux, souvent démunis et découragés. Hélène enseignait dans des conditions plus favorables, mais ce métier, à cause de la distance, du climat particulier de la banlieue, de l'instabilité et de l'insolence des adolescents, n'était pas de tout repos. J'admirais sa rigueur, son inventivité, le désir qu'elle avait coûte que coûte de capter l'attention de ses élèves, de les conduire à la précision, à l'exactitude, à la beauté. Les sortilèges de l'imaginaire arthurien, les chemins du Graal, les finesses de Molière et les cadences et les paysages de Chateaubriand ne leur resteraient pas étrangers, Hélène voulant absolument réenchanter des vies qu'elle savait autrement condamnées à la brutalité, à la pauvreté langagière, à la misère des préoccupations matérielles, à l'absorption avide des images, à toutes les inféodations. Je m'amusais parfois de son sens de l'idéal, de sa générosité, surtout lorsque je la voyais multiplier les devoirs et les exercices, passer des heures à corriger des copies où le rouge l'emportait, proposer en marge de ses cours des initiations au théâtre, mais c'est elle qui avait raison.

Nous sommes devenus des piétons de Paris, nous allons sans cesse dès qu'une éclaircie se présente dans nos emplois du temps, quelle que soit la saison nous marchons avec frénésie. Parfois c'est la recherche d'un livre qui nous aimante, sur les quais, au Luxembourg, chez la femme de Marcel Béalu, au Pont traversé, chez Loliée rue de Seine là où allait Mitterrand, dans les passages tout proches de la cité Bergère, dans cet antre magique de la galerie Vivienne, nous cherchons des œuvres originales de Gracq, de Reverdy, de Jouve et de Marcel Aymé, nous partons en quête d'une édition rare, d'un envoi, d'un autographe. Je me suis mis en tête de réunir tous les livres de Gracq dans leurs éditions d'origine, Hélène m'accompagne dans cette recherche où aucune entrave ne m'arrête.

Sans doute voulons-nous échapper aux transports collectifs qui nous rappellent bien trop les obligations de la vie réelle. Une après-midi nous grimpons jusqu'au Père-Lachaise déposer une rose sur la dalle noire et lisse de notre adoré Marcel, une autre fois nous sommes dans le cimetière si provincial de Saint-Germain de Charonne où nous voulons voir la tombe de Josette Clotis et de ses fils. Paris est un cadastre que nos pas allègres décryptent mus par une énergie sans limites. Nous avons nos lieux, la place des Vosges et son écrin de briques, les rues plus secrètes du Marais derrière le musée Picasso, les arrières de l'église Saint-Gervais et cette petite place triangulaire avec son salon de thé, L'Ébouillanté, qui rappelle à Hélène Amsterdam à cause de son choix de pâtisseries à la cannelle, l'île Saint-Louis et le quai de Béthune sous les fenêtres de Claude Pompidou, l'Arsenal, la Bastille, les boutiques sous les arcades de la Coulée verte près de la gare de Lyon.

Une autre fois nous allons jusqu'aux frigos de Bercy, dans l'atelier d'un peintre remarquable que j'ai rencontré après la publication d'un roman, Philippe Borderieux. Hélène a vu la série d'icônes avec les crânes, les anges aux ailes filigranées. Philippe Borderieux parle de Naples, des citronniers des cloîtres, des anges de marbre, de l'Égypte et de l'Italie, de ses projets. Conquise, Hélène achète une « Identité bleue », une tête sans visage, un ovale esquissé, ouvert sur le ciel. Elle placera le veilleur au visage vide à côté d'une œuvre du brestois Bloas, *Tas de rouille* qui, par sa macération de ferraille suintante, lui rappelle les épaves et les ancres du port où elle a tant rêvé.

Longtemps encore nous aurons nos habitudes rue Saint-Jacques tout près de l'église du Val-de-Grâce dont le parvis désert et les hautes grilles nous fascinent chaque fois. Renan, mon ami d'enfance, m'a indiqué là un extraordinaire bistrot à huîtres que tient un écailler rondouillard et jovial. Nous apprécions déjà les huîtres de notre marchand de la rue Montorgueil que nous dégustons souvent l'hiver sous les toits de la cité Bergère. Celles du haut de la rue Saint-Jacques sont épaisses, charnues, d'une transparence parfaite. Lorsque nous dînons là, nous revenons à pied vers notre quartier. C'est l'occasion d'admirer le pavé du Val-de-Grâce bleuté sous la lune, la vitrine de José Corti avec ses livres marqués de la rose des vents, les frondaisons du Luxembourg bruissent de mille murmures, nous passons devant l'Odéon puis devant la porte cochère du Mercure de France, les vitrines des bouquinistes ont disparu derrière leurs contrevents, dans la froidure qui signale la proximité du fleuve nous allons grisés par le vin de Loire et l'iode des huîtres, le quai Conti est désert, un homme vêtu d'un lourd pardessus promène un labrador beige, c'est le secrétaire perpétuel.

Le cadastre parisien est inépuisable. Non que nous annexions de nouveaux lieux, nous arpentons infiniment les mêmes. Parfois nous sommes en quête d'endroits plus secrets, nous descendons à l'Orangerie des Tuileries pour les *Nymphéas* de Monet, nous nous réfugions dans l'atmosphère gothique et pourpre de la maison de Victor Hugo place des Vosges ou bien nous allons revoir l'étonnant cavalier écossais qui chevauche sur la lande dans l'atelier de Gustave Moreau. Il y a aussi une ou deux boutiques de vêtements et de bijoux qu'Hélène visite volontiers du côté de la rue des Archives.

Les jours d'automne ou d'hiver, nous choisissons d'autres itinéraires. Hélène a une prédilection pour les berges du canal Saint-Martin, les cafés qui sont sur la rive opposée à celle de l'hôtel du Nord et que peuple une horde d'araignées et de jeunes branchés qui doivent travailler dans le domaine de la mode et de la communication. Mais ce n'est pas la clientèle qui l'attire en ces lieux, c'est le dessin des ponts qui enjambent le canal, les reflets des feuilles mordorées dans l'eau dormante, les vitrines des cafés qui donnent sur la berge et dans lesquels on s'attend toujours à voir arriver, comme dans les romans de Simenon, un cadavre que l'on aurait sorti du bief. Hélène marche sur la berge, en imperméable ou en long manteau, elle aime faire claquer le talon de ses bottes sur le pavé mal équarri, elle fume souvent en marchant, elle doit trouver à ce coin de Paris quelque chose de plus secret, de mouillé, d'automnal comme dans un pays de flaques et de macérations, loin des grands axes, des perspectives aérées, des tracés plus monumentaux. Il n'y a rien à admirer, tout est à deviner et à sentir. Tout est dans les reflets fugaces, les feuilles amoncelées que l'on brasse, les bougies qui tremblotent sur le zinc des anciens bistrots des mariniers. Une fois de plus elle m'emmène. Elle va vers cette petite église située sur le bord du canal, Saint-Jacques-Saint-Christophe dont Fargue dit qu'elle est dans un goût florentin. Elle a eu la révélation de cette église en lisant *Le piéton de Paris*. Elle aime les bâtisses ruinées qui longent le canal, le jardin public et son petit kiosque, le beau plafond à caissons de la nef, le baptistère et la chaire de marbre blanc, une statue primitive et en bois de la Vierge que l'on dirait rescapée d'un incendie ou d'un long enfouissement sous terre. À Paris, plus que la jeune Madone de Notre-Dame ou la gracieuse statue de Pigalle qui trône dans le chevet de Saint-Eustache, c'est la Vierge qu'elle visite et au pied de laquelle elle laisse l'offrande d'une flamme. Parce qu'elle doit voir en elle une divinité primordiale et tutélaire tout près de la frontière aquatique, de ses reflets et de ses ponts.

J'ai le souvenir de fêtes nombreuses, de dîners sur les terrasses, Marielle, Éric, Loïc, Renaud, Jérôme seront, entre autres, des fidèles de ces soirées où Hélène aime rassembler des amis venus d'horizons très divers. On écoute Gainsbourg, Patti Smith, Les Pogges ou Les Têtes raides. Les fenêtres sont ouvertes sur le ciel de Paris. Aux murs de l'appartement il y a des affiches des expositions que nous avons vues ensemble, Bacon au Centre Pompidou, l'École de Londres rue de Grenelle, Nicolas de Staël. Ces soirs de fête, le secrétaire du grand-père qu'Hélène a fait venir de Bretagne sert de buffet. Les plats sont disposés sous les bouquets des roses, les terrines préparées par elle, les merveilleux desserts rafraîchissants à l'orange. Malgré la fermeture du Palace, le quartier est resté extrêmement vivant et il attire les jeunes banlieusards qui s'approvisionnent en crêpes chaudes à l'angle de la rue du Faubourg-Montmartre et des boulevards. Des klaxons et des cris montent des trottoirs. Souvent Hélène porte cette longue robe rouge que je lui ai offerte en souvenir de Rennes et de celle dite de Vellini. Je demanderai à Marielle de lui confectionner un grand pantalon sur le modèle de celui qu'elle portait lorsqu'elle était ma stagiaire. Ce sont les tenues qu'elle passe quand elle reçoit. Elle aime être entourée d'une compagnie joyeuse et élégante. Souvent ces fêtes sont prévues de longue date, mais il lui arrive aussi de réunir des amis en téléphonant à la dernière minute, tous les prétextes sont bons, un succès, l'Épiphanie, la sortie d'un livre. La conversation est libre et décousue, on parle de littérature et de politique, de choses plus subalternes et anecdotiques, de la vie qui va, de voyages. Hélène voudrait voir les murailles du Kremlin « tout croustillant d'or » et les collections de l'Ermitage. Les breuvages ne manquent pas, Hélène déteste la mesure lorsqu'elle reçoit. Elle n'est avare ni de bons mots ni de rires, encore moins de ce qu'elle offre, une fête réussie est une soirée qui dure, insoucieuse des contraintes de la vie réelle et du lendemain, l'été surtout quand on peut rester sur le zinc encore tiède des terrasses et que l'on respire enfin sous un ciel illuminé d'étoiles.

Je ne vois pas les jours qui défilent et je crois ce temps éternel. Hélène ne me dit rien de ses insatisfactions, elle parle à d'autres quelquefois et je sais qu'elle désirerait avoir un enfant. Ce serait un séisme que je ne veux pas imaginer. Je veux croire que notre vie, cette complicité sans nuage, ce lien si étroit et si mystérieux pour les autres résisteront à tout. Je ne peux pas concevoir de vie sans elle, sans sa présence, sans ce regard qu'elle porte sur tout ce que je vis. C'est à elle, lors de nos marches dans la ville, que je confie tout du chantier de mes livres, c'est auprès d'elle que je teste un titre, un nom de personnage, un sujet possible. Je me suis définitivement installé tout près de la cité Bergère au cœur de ce Sentier qui nous est cher, dans un appartement que j'ai choisi avec elle et dont elle a surveillé l'aménagement. C'est elle qui a décidé de l'endroit où sera fixé le beau Christ sagittal que nous avons rapporté de Prague en 1992.

Nous restons ces pérégrins et ces marcheurs, dix ans ont passé depuis notre rencontre sur les planches du Piccadilly à Rennes. Pour cet anniversaire, nous avons pris la route comme souvent. Certaines fins de semaines, l'envie nous saisit de nous échapper, d'aller nous aérer au bord de la mer. Nous avons une prédilection pour le cimetière de Varengeville et l'église de Braque, Dieppe minérale et austère avec son église aux pierres rongées par le vent et le sel, ce long bassin ceinturé de promenoirs de bois qui s'enfonce dans la ville, Mers tout près des miroitements de la Somme et des oiseaux du Marquenterre. C'est notre royaume marin, la frontière ventée de notre territoire, trop urbain, trop fermé. C'est là que nous nous rechargeons d'iode et d'air en marchant sur les digues et les jetées, en dévorant huîtres et langoustines. Souvent, le soir, au retour de ces marches dans le vent salubre, nous nous arrêtons pour psalmodier et prier, parmi les nappes d'encens, dans la belle grange dîmière de l'abbaye de Saint-Wandrille.

Pour ces dix ans, nous n'avons pas pris le chemin de Dieppe et de Saint-Wandrille. Je me suis souvenu d'une conversation une nuit de mai, d'Hudismesnil, des aubépines et des orchidées, de Tansonville, de Rivebelle et de Balbec. La messe, nous l'avons entendue dans l'église de Dives-sur-Mer après avoir contemplé la Vierge de Balbec dans sa niche royale du porche, cette église pure et crayeuse, toute chamarrée de l'or et de la pourpre de ses vitraux qui racontent des scènes légendaires de tempêtes et de pêches miraculeuses. Ce soir nous serons au Grand Hôtel de Cabourg, face aux sables qui brasillent dans les lueurs du couchant, aux minuscules montures dont la procession s'étire à contre-jour, aux chaînons inégaux de la mer et au vent qui déferle. Sur ce balcon marin, cette digue hantée où rôde le fantôme d'un jeune homme à monocle d'or — à Cabourg, hors des flots du temps et pour toujours.

Je devais être dans le métro ce vendredi soir de février — un détail m'est resté : à l'Odéon les affichettes du *Monde* annonçaient la publication de textes inédits de Gracq — lorsque Hélène a voulu me parler et qu'elle s'est heurtée à la messagerie de mon téléphone mobile. Je me revois écoutant ce message puis l'appelant aussitôt rue Mandar : Pascale a été retrouvée morte le matin même dans un hôtel du XVIIe arrondissement où elle vivait désormais. Hélène est désespérée, foudroyée, elle réprime un sanglot tout en parlant. Ma première réaction est de prévenir Marielle avec qui nous devions dîner. Elle a bien connu Pascale et ri de ses excentricités au temps ou nous la voyions encore. Je lui dis avec lenteur que Pascale vient de mourir, je ne connais rien des causes du décès, suicide, crise cardiaque, dose fatale d'alcool et de stupéfiants.

Sans faire halte chez moi, je me précipite auprès d'Hélène. J'ai gravi tant de fois les marches de ces cinq étages, mais jamais je ne les ai trouvées si hautes, si pénibles, les degrés d'un calvaire. Hélène tarde à m'ouvrir, elle doit être au téléphone, avec Éric, ses cousins, Emmanuelle sa sœur, elle m'ouvre enfin, tassée, grelottante, vêtue d'un vieux lainage, les yeux rougis. Elle marche dans l'appartement, redit l'horreur de cette nouvelle qu'elle a apprise en fin d'après-midi, frissonne en regardant le téléphone qui reste muet. Elle est dans l'attente d'autres précisions. Le corps, dit-elle, a été emmené pour être autopsié. Pascale habitait avec un jeune homme dans cet hôtel depuis la faillite de la boutique. La seule idée de cette ouverture sauvage du corps nous terrifie.

Je suis prostré à mon tour, incapable de trouver les mots susceptibles de réconforter Hélène, je vais pour me retirer quelques instants, mais elle me fait signe de rester. En une après-midi, elle a vieilli de dix ans, l'absence de ces dernières années n'est rien à côté de ce qui vient de se produire, ce pacte, cette connivence, cette proximité lumineuse qui émergent à jamais perdus, pulvérisés, des décombres du deuil.

Son premier geste a été de placer dans le salon un beau portrait en noir et blanc de Pascale que l'on doit à Éric. Elle s'isole dans la salle de bains, le chagrin la dévaste, elle veut être seule face à la douleur. Lorsqu'elle revient, elle dit qu'elle regrette de ne pas avoir été là, de ne pas avoir renoué à temps, s'imagine-t-elle qu'il était possible de la tirer de cet engrenage sordide, de ce naufrage consenti ?

La dernière image qui me revient de Pascale, c'est au printemps de 1998, dans la maison de Lamartine à Milly. Je suis venu avec Hélène fêter l'anniversaire de Laurent, un jeune architecte bressan. Pascale est polie, mais distante, elle nous sert quelques bons mots du passé pour tenter de raviver une complicité qui n'est plus. Elle semble plus en forme que le jour de février où nous l'avions surprise dans sa boutique de Montparnasse. Elle est maquillée, les cheveux auburn comme autrefois, aucune lésion n'abîme son visage. Elle manifeste, à ce moment où je la côtoie au buffet, de l'élégance et de la dignité, mais son discours a quelque chose de mécanique et d'affecté. Très différente sera-t-elle quelques heures plus tard, au vif de la fête, déchaînée, ne se contrôlant plus, à tel point qu'Hélène, ne supportant pas ce spectacle, préférera quitter l'espace où l'on danse.

Marielle nous a rejoints dans l'appartement sous les toits et elle est aussi gênée et malheureuse que moi. Hélène fume, reste de longues minutes silencieuse, totalement hagarde, puis elle se lève, saisit son mobile, marche vers la salle de bains. Elle n'aura plus de nouvelles à cette heure. La soirée de février est douce, l'agitation de la rue remonte par la porte-fenêtre entrouverte. Chacun en silence, nous nous remémorons la fée coiffée du somptueux chapeau à plumes, les récits des nuits blanches, des traversées de Paris, les verres et les cigarettes, les haltes au Vieux Paris près de Beaubourg, cette élégance très Belle Époque qui lui donnait l'allure d'une garçonne ou d'un fondant Petit Chaperon rouge, le tableau de chasse des anges séduits, l'intense complicité et le silence, inexplicable, comme un voile jeté sur l'inexorable perdition.

Il n'est pas pensable de laisser Hélène seule ce soir. Elle n'aura pas la force de marcher loin. Nous descendons au café Zéphyr à côté du musée Grévin. Il nous arrive d'y prendre le thé dans la salle légèrement surélevée du fond, collés aux fenêtres qui donnent sur le passage, près du billard. Nous sommes tous les trois totalement muets et groggy, rescapés d'une lame de fond, dans la salle éclairée par les photophores des tables. Hélène ne quitte pas son portable, attendant un appel qui ne viendra pas. Marielle, d'ordinaire si drôle et démonstrative, ne parle plus. Nous grignotons sans appétit. Des crispations nerveuses déchirent le masque de douleur d'Hélène. Un mot prononcé, une image qu'elle combat chargent son corps d'une électricité que je sens comme si elle traversait le mien.

Échoués dans l'arrière-salle de ce bar, parmi les poinçons des bougies qui vacillent sur les tables, nous sommes les veilleurs sans voix de cette nuit de février, sur les rives d'un monde anéanti par la tragique découverte du matin, au seuil d'une nuit béante, creusée par la solitude et la souffrance, une nuit où se revit l'atroce départ, le délaissement irrémissible, sans lumière, sans possible consolation, dans le buisson noir, épineux, du deuil.

Après l'incinération au Père-Lachaise, les cendres de Pascale avaient été transportées en Bretagne, elles devaient être dispersées en mer au large de Porsisquin. Hélène avait joué un rôle majeur dans la préparation des obsèques, assistant son oncle et sa tante venus de province et bouleversés par l'ampleur et la gravité de ce qu'ils découvraient. Elle était sortie de cette épreuve usée et défaite, remplie d'une tristesse qui ne s'effacerait jamais. Les semaines qui avaient suivi, elle avait été prise du désir de retrouver des photos, elle avait sorti des cartons dans la petite loge entre les fenêtres qui ouvraient sur les terrasses, cherchant des images de leur adolescence, des virées à Bénodet et à Loctudy, elle m'avait demandé aussi des photos de notre voyage en Irlande, de nos déambulations sur les pas des Géants ou aux confins du Donegal, sur la proue de Fanad Head. La douleur filtrait, discrète, inguérissable. Une musique, l'évocation d'un nom ou d'un lieu, d'un épisode, même drôle, de ces années passées suffisaient à la plonger dans une absence durable, hébétée. Elle trouvait péniblement le sommeil et ses rares moments de répit étaient dévorés de cauchemars. Elle était esseulée et perdue. Souvent j'avais l'impression d'être aux côtés d'une femme dévastée par l'angoisse. Nos promenades dans Paris se faisaient plus rares, plus modestes aussi.

J'aborde ici un sujet difficile et dont l'évocation réveille ma douleur. Durant toutes nos années communes, Hélène avait rencontré des hommes, j'avais même connu certains de ses amants qui n'étaient jamais restés bien longtemps dans sa vie, dans notre vie. Elle avait un humour cinglant, une sorte de tendre cruauté aussi lorsqu'elle me racontait les avantages et les dons de ces garçons de rencontre. Je l'avais vue troublée, séduite, légèrement amoureuse, mais cela n'avait jamais duré. Hélène avait une forme d'attachement masculin à sa liberté. Elle ne semblait pas prête à installer quelqu'un sous son toit. L'automne de 1999 et dans l'hiver qui avait précédé la disparition de Pascale, elle avait évoqué la figure d'un garçon solitaire et sauvage, fou de mer et de bateau, et qui vivait tout près de chez elle en Bretagne. C'était la première fois que je l'entendais parler ainsi d'un homme, confessant un intérêt, une attirance alors que cette histoire n'en était qu'à son prélude et que rien d'intime n'était engagé. Plusieurs fois ainsi, de manière indirecte mais insistante, elle reviendrait vers ce marin breton dont la propension à la solitude et la passion nautique l'intriguaient. C'était un signe que j'avais entendu sans le créditer, je l'avoue, de toute l'importance qu'il méritait.

Je sortais de mon côté d'une histoire pénible et sans lendemain. J'avais erré mais la tragédie de Pascale et l'onde de choc qu'elle avait eue sur Hélène m'avaient ramené à la réalité. Quelque chose de notre jeunesse avait été balayé à travers la figure de cette passante frénétique, de cette funambule de l'abîme, inséparable de la fée au chapeau à plumes qui courait des nuits entières dans Paris parce qu'elle ne pouvait pas tolérer l'idée de porter la mort en elle.

Quelque chose aussi de l'amour humain, de ses abysses, de sa part obscure et indicible m'avait été livré à travers l'histoire de ces deux femmes qu'unissaient les liens du sang et bien plus. Pascale subjuguait Hélène, comme elle nous subjuguait tous, et Hélène, pour continuer sa route, avait besoin de cette flamme au cœur noir dont la clarté trop crue ne pouvait qu'éblouir et semer le vertige. Elle avait besoin de sa fantaisie, de sa folie, de sa connaissance des lisières et des abîmes, de cette vision ludique, exaltée, survoltée qu'elle avait de l'existence, de cette manière de concevoir sa vie comme une œuvre d'art, entre le geyser chatoyant et le potlatch, pour mieux dissimuler un fond de terreur et de mort.

Pascale était partie et, en un sens, elle n'avait jamais été de ce monde. Aucune possession matérielle n'était venue entraver son sillage de comète. Dans cette chambre sans âme de son ultime résidence où une dose trop forte avait eu raison de son organisme affaibli, elle avait dû laisser quelques livres de Duras qu'elle avait aimés et dont elle ne prenait aucun soin, quelques photos, quelques vêtements. Elle avait ébloui et elle s'était consumée, laissant chez ceux qui l'avaient approchée un vide que rien ne saurait combler.

La mélancolie d'Hélène était toujours aussi vive. Un lundi soir de mars qu'elle était venue dîner rue des Jeûneurs au retour d'un bref séjour dans le Finistère, sobrement, au détour d'une phrase, elle m'avait annoncé qu'elle avait revu le marin breton — il se prénommait Xavier — et qu'il était entré dans sa vie.

Pour la première fois depuis des années, ce printemps nous ne sommes pas partis. Souvent c'était en février que nous choisissions la destination qui serait la nôtre. L'année précédente, nous longions les murailles du Kremlin, nous passions devant la dépouille de Lénine dans son mausolée rouge, à Saint-Pétersbourg, du côté de l'académie de marine, nous arpentions les quais de la Neva. Cette année, l'abîme s'est ouvert sous nos pas au moment où nous allions songer à notre voyage de printemps. Je ne sais pas quelle aurait été cette destination. L'Italie peut-être ou un pays plus lointain. Je crois qu'Hélène aurait aimé connaître l'Égypte et les paysages d'Afrique. Ce voyage, nous ne le ferons pas.

Nous allons dans Paris comme des errants et des somnambules. La fragilité d'Hélène est extrême et me rappelle un autre printemps, après notre retour de Venise, il y a dix ans. À tout moment je crains que les larmes ne la submergent tant sa lassitude est grande. La nouvelle de cette fin d'après-midi de février, les journées qui ont suivi, la crémation au Père-Lachaise et tous les souvenirs revenus en force et dont on ne se débarrasse pas ont creusé une faille dans une vie plus fragile et plus douloureuse qu'il n'y paraissait.

Elle n'a renoncé à aucune de ses activités. Elle ne s'est pas arrêtée un jour. Elle nourrit même le projet d'une soirée, chez elle, à la mémoire de Pascale. Elle veut réunir des amis qui l'ont connue, des témoins de ses derniers moments. Au seuil du printemps, elle veut conjurer cette noirceur, ce goût de cendre et de néant qui ne la quitte pas. Elle cherche l'élan d'un accord, d'une ferveur passée, je crains qu'une sourde et lancinante culpabilité ne la travaille, celle d'avoir cédé devant le destin, celle de ne pas avoir tenté l'impossible pour renouer des liens apparemment distendus. La soirée sera grave et joyeuse, plus mélancolique à la fin, parce que les convives sont fatigués et qu'ils ont un peu bu, parce que la présence de la fugitive devient lourde et comme intimidante.

Une scène surtout m'est restée de ce printemps. Hélène m'a donné rendez-vous à la terrasse de ce bar de la rue Montorgueil que nous appelons entre nous Les Irlandaises parce qu'y servent des jeunes filles venues de la terre de la Chaussée des Géants et de divers pays d'Europe. C'est une de ces premières journées chaudes et lumineuses où les tables sont prises d'assaut, où les élégantes de la rue commencent à se dénuder, excitées par les beaux jours et l'envie de parader dans une rue qui est avant tout un théâtre. J'ai le souvenir d'une après-midi vacante, je viens de chez Gallimard où je suis passé signer quelques exemplaires de mon livre sur de Gaulle qui vient de paraître.

Lorsqu'elle arrive, Hélène paraît sombre et troublée. Je crains immédiatement une nouvelle révélation, un nouvel assaut de la douleur. Elle commande un café et je la laisse reprendre son souffle. Les quelques paroles banales que nous échangeons sont étranges, désamarrées, discontinues. À quelques indices qu'elle livre ensuite, je comprends qu'elle arrive d'un rendez-vous médical. Est-ce lié aux conséquences de la mort de Pascale ou simplement à un suivi régulier ? Je sens Hélène exaspérée, au bord des larmes. Sa voix se couvre. La situation est difficile, nous sommes aux avant-postes du bar, à deux pas des passants, des vélos, dans le tumulte de la rue. Je voudrais l'entraîner plus au fond, fuir ce bruit, cette lumière aveuglante. D'un geste de la main, elle repousse ma proposition. Elle souhaite rester sur la terrasse.

— Tu te souviens de mon « petit grain ». Il est toujours là. Le médecin que je viens de voir est formel : je ne pourrai jamais avoir d'enfant… C'est terrible…

Elle s'est tassée, comme frigorifiée, saisie par le désespoir dans le soleil qui nous agresse. Je l'ai rarement vue pleurer, trop soucieuse de dignité, trop fière, trop secrète. Cette après-midi, en pleine rue, au paroxysme d'un printemps de tragédies, son usure est telle qu'elle n'a plus la force de retenir ses larmes.

Je reviens vers cette période dans un mélange d'appréhension et de tristesse parce qu'elle marque pour moi la fin d'un monde et d'un bonheur que je n'ai pas retrouvé. Il y a cette brisure de février, l'infinie douleur d'Hélène, l'effroi d'un vertige et d'un vide dans lequel tout ce qui a suivi s'enracine. Il y a surtout cette impuissance terrible que j'ai ressentie devant son chagrin, cette conscience que j'ai eue très vite d'être incapable de lui donner la consolation et le salut. Sans doute est-elle restée d'ailleurs profondément inconsolable comme on le demeure après des pertes essentielles, le cœur à jamais fêlé, mais suffisamment désireuse de vivre pour ne pas consentir totalement à la dépression et à la mort. Nous sommes entrés dans des temps étranges, de dissimulation et de simulacre. Le trouble d'Hélène, la difficulté qu'elle a à survivre, la confusion dans laquelle elle se trouve, conjuguée avec son envie de me protéger, de ne pas tout me dire, l'expliquent en partie.

Ce printemps 2000, elle part volontiers à Brest, elle rejoint Xavier sur son bateau. Xavier est un ami du frère de Pascale, elle est sur les eaux, sur les flots de son enfance, elle est chez elle, dans la rade de Brest, sur la grève de Porsisquin, là même où Pascale lui avait avoué le mal qu'elle portait. Elle est évidemment amoureuse, mais la tragédie continue, Éric, son ami d'adolescence, qui avait été très lié à Pascale, est en plein marasme psychique et l'on craint pour ses jours. C'est dans ce climat de mort et de ruminations morbides qu'elle file vers Brest, désireuse de rompre, de larguer les amarres, ce dont elle n'est pas capable, de recommencer.

Nous continuons à nous voir, nous dînons presque tous les soirs ensemble, elle ne reçoit jamais de coups de téléphone lorsque je suis là, parfois un bref grelot lui signale l'arrivée sur son mobile de SMS qu'elle s'empresse de lire, ce qui m'agace. Par moments on pourrait penser que la grâce d'autrefois est revenue, Hélène semble mieux, nous plaisantons, nous retrouvons toutes nos complicités et nos rires, je pourrais presque me dire que la soirée funèbre du Zéphyr et les larmes de la rue Montorgueil sont un mauvais rêve. Il y a toujours eu entre nous une forme de pudeur qui nous interdit de nous appesantir sur nous-mêmes. Les choses ont toujours été claires entre nous, ce qui ne veut pas dire qu'elles n'ont pas eu leurs rhizomes de douleur, et Hélène n'a jamais attendu ce que je ne pouvais lui donner.

Évidemment ces mois seront bien trop longs, ce sont ceux d'une mue, d'un nouveau départ, d'un départ tout court. Hélène se débat avec son passé, avec ces ombres qui la torturent, il y a l'aimant de Brest, le charme et la profondeur du marin breton, les prémices d'une vie nouvelle, un équilibre à atteindre, des décisions à prendre. Et cela suppose tergiversations et non-dits, secrets et choix qui, même s'ils ne me regardent pas, me touchent de près.

Une dernière fois nous sommes allés à Dieppe et, comme si la perspective d'un face-à-face nous pesait, nous avons convié Loïc. C'est un week-end de grande migration et nous nous y sommes pris trop tard, impossible de réserver là où nous allons toujours, au bout du bassin ou sur le front de mer, ou encore au Tréport ou à Mers, nous nous retrouverons dans un hôtel minable au milieu des terres, le nom m'est resté, à Feuquières-en-Vimeu. Nous dînerons malgré tout à Dieppe, dans la salle haute d'un restaurant où nous rions tant que nous serons regardés comme des bêtes curieuses. Hélène se montre brillante et drôle, d'autant qu'elle éprouve une vraie tendresse pour Loïc qui fut mon élève. Elle parle de bateau avec lui, manifestant une science que je lui découvre, et se tient régulièrement informée du temps qu'il fait dans la rade de Brest.

Nous avons revu Dieppe, le promenoir de bois le long du port, l'église rongée par le sel, les façades de briques, retrouvé l'atmosphère maritime et austère d'une ville qui est un avant-goût du Nord. Mais il me semble que rien n'est plus pareil.

Tout l'été, je ne vois pratiquement pas Hélène. Elle me rend visite le jour de mon anniversaire, à Beg-Meil où je suis enfermé pour écrire *Les marées du Faou*. Elle a quitté Paris très tôt dès le début du mois de juillet parce qu'elle voulait assister aux fêtes nautiques de Brest. L'an passé, au même moment, elle avait organisé non loin de Porsisquin la célébration de mes quarante ans. Ce moment de joie, où m'entouraient ma famille et mes amis, reste dans la grâce de la lumière d'août sur les grèves de la rade de Brest, comme l'un des plus beaux de ma vie.

Marielle nous a rejoints cette année, nous allons du côté de Sainte-Marine et du Guilvinec, nous marchons tous les trois sur les quais de Léchiagat, dans cette extraordinaire odeur de saumure et de filets mouillés, sur la longue jetée tout près du chantier naval où l'on repeint de couleurs chatoyantes les carènes des bateaux de pêche, sous le ciel bigouden vide et sans fin qui nous émeut chaque fois.

Hélène est avare de confidences, comme gênée. Elle me sait inquiet, absurdement blessé, je n'ai pas invité Xavier à se joindre à elle, je veux croire encore à la survie de notre relation, à notre exceptionnel duo. La soirée est agréable, elle m'interroge sur ce que j'écris et cette attention me touche. Je lui promets de lui lire, ce que je ferai, ces pages de souvenirs et de sortilèges, entre la forêt du Cranou et la présence spectrale de la ville d'Ys, dès notre retour à Paris.

J'appréhende ce retour parce que les semaines d'écriture, coupées de tout, me fragilisent et me rendent plus sensible aux blessures et aux coups. J'ai compris — et Marielle qui les a vus à Brest après notre dîner d'anniversaire me l'a confirmé — la vigueur des sentiments qui unissent Hélène et Xavier. La situation présente n'est plus tenable. Xavier va sans doute venir s'installer à Paris ou bien, chose que je ne veux pas imaginer, c'est Hélène qui le retrouvera à Brest.

Je ne veux pas croire à la possibilité de ce départ, tout simplement parce que je n'envisage pas ma vie sans elle. Et les signes que me donne Hélène tout l'automne sont plutôt rassurants : son attachement à la vie parisienne est tel qu'elle ne conçoit pas de vivre à Brest. Elle a demandé à Xavier de chercher un emploi à Paris, c'est ce qu'elle me répète. Un obscur pressentiment m'habite. Plusieurs soirs, et alors que je n'ai aucun programme particulier, j'essaie d'inventer un prétexte qui me permettra de tenir lorsque Hélène m'appellera pour m'inviter à monter jusqu'à la cité Bergère. L'idée de son possible départ m'affole et je veux me préparer à ma nouvelle vie sans elle. Chaque fois je cède parce que l'envie d'être avec elle, de partager une soirée comme avant, l'emporte sur tout.

Ce premier dimanche de janvier, elle est venue m'attendre à la fin de la grand-messe à Saint-Eustache. Je l'aperçois dans le transept sud alors que, la procession partie, Jean Guillou improvise magistralement à l'orgue. Le soleil de janvier lui a donné l'envie de descendre jusqu'à la Seine, nous faisons quelques pas dans la nef, je la sens heureuse d'être là, heureuse de ces pas dans le vaisseau éclairé de Saint-Eustache au son de l'orgue. Elle veut m'inviter à déjeuner pour fêter ce début d'année et elle a tout prévu : nous achèterons des huîtres chez notre marchand de la rue Montorgueil et nous les accompagnerons de vin de Loire, de bon beurre, de pain bis.

C'est un déjeuner magnifique en effet dans l'appartement ensoleillé et la griserie due au vin de Loire aidant je pourrais presque penser que tout recommence, Saint-Eustache, la remontée de la rue Montorgueil et du Sentier, les huîtres, l'intensité reconquise, le déjeuner de soleil. Rayonnante, Hélène m'annonce alors que les choses sont arrêtées : elle ne quittera pas Paris et Xavier viendra s'y installer en septembre. Elle est heureuse et festive et elle appelle quelques amis pour qu'ils nous retrouvent dans l'après-midi : l'envie lui a pris de tirer les rois. Mon bonheur est total.

Quelques jours plus tard elle m'appelle, une fin d'après-midi. Elle veut me parler de manière urgente. Je sais qu'elle doit passer le week-end chez Marielle qui habite désormais Honfleur. Elle arrive, roide, empruntée. On est loin de l'exaltation du dimanche épiphanique. Elle s'installe face à moi, au-dessous du Christ de Prague.

— Les choses ont changé depuis dimanche, dit-elle d'une voix mal assurée. Nous avons réfléchi. C'est une folie de demander à Xavier de venir à Paris. Il s'étiolerait. Sa vie est là-bas, il aime trop la mer et son bateau. J'ai décidé de demander ma mutation pour la Bretagne. Ne le prends pas mal. Nous continuerons à nous voir. Nous allons l'annoncer chez Marielle ce week-end mais je tenais à ce que ce soit moi qui te l'apprenne…

Je suis sans voix. Aucune protestation, aucun mot ne peut sortir de ma bouche. Le commencement d'une prostration terrible. Hélène va pour se retirer. Je ne la retiens pas. Je la raccompagne jusqu'à la porte et l'embrasse.

De cet effroyable égarement je ne veux pas parler. Je revois Loïc d'une fidélité magnifique, veillant sur moi, me promenant au Palais-Royal et sur les quais des bouquinistes comme on le ferait avec un grand convalescent, m'invitant à prendre un verre à La Grappe d'orgueil chez Dhebia, tentant de me redonner le goût de la vie.

Ce même mois de janvier 2001, alors que je viens de quitter Hélène sur le quai de la gare de Rennes à l'issue d'un séminaire professionnel, je prends un TER pour Redon parce que je suis incapable de rentrer tout de suite à Paris et que je veux faire halte à La Gacilly dans la belle maison de Claudine et Hervé Glot qui m'est toujours apparue comme un havre, avec ses livres, ses tableaux et l'incomparable sens de l'hospitalité de ses propriétaires. Je suis désespéré. Je suis au bout de tout. Le TER s'arrête dans toutes les gares. Après Messac, me semble-t-il, la voie ferrée longe de très près la Vilaine. Les eaux hautes de la rivière en crue miroitent, blanches et métalliques dans la lumière du soir. Le train tarde à redémarrer, les portes restent ouvertes. Soudain je sens le vide se creuser en moi, et un appel, celui de la lumière blanche et métallique, du courant de la rivière en crue.

Une nouvelle vie a commencé ensuite, irréelle tant qu'Hélène était encore à Paris, parce que la volonté d'aller jusqu'au bout de cette désaccoutumance était nécessaire mais que parfois le désir de la revoir l'emportait sur tout. Rien, je le savais bien, ne pourrait plus me donner cette intensité et cette protection, cette envie de livres, de lectures et de création, cette mobilité, cette liberté. Une autre forme de notre vie adviendrait sans doute, elle à Brest, en couple, et moi évitant de reprendre à Paris les itinéraires de notre passé. Nous n'irions plus ensemble, comme nous l'avions fait, jusqu'au monastère d'Ettal et jusqu'à la galerie des glaces d'Herrenchiemsee, jusqu'aux Greco de Tolède et jusqu'aux bulbes dorés de Russie. Voulant coûte que coûte renaître, je m'étais lancé dans des projets de carrière un peu fous. C'était de l'ordre du divertissement. C'était sans importance et cela m'occupait pourtant de façon maniaque parce que j'échappais ainsi au ressassement, à ce sentiment aigu et insurmontable de perte et d'abandon.

Les images se succèdent. Je vois dans l'appartement sous les toits des déménageurs venus évaluer le volume de ce qu'ils auront à transporter, je vois au fil des soirs les livres et les disques disparaître de leurs loges dans l'anfractuosité voluptueuse entre les fenêtres, et ma tristesse jugulée explose lorsque je me retrouve en bas dans la cité devant cette enseigne au nom si beau et qui nous a fait rêver toutes ces années, Le Limonaire, devant cette extraordinaire boutique aussi de bergères, de bureaux peints et de fauteuils retour d'Égypte. Je suis proprement à la rue, blessé par l'agitation de la ville, égaré comme on peut l'être dans des périodes de grande fatigue au point d'hésiter des secondes sur le choix du chemin qu'il me faut prendre pour rentrer chez moi.

J'ai compris à cet instant, même si ma douleur demeure aiguë, que je n'ai pas perdu Hélène et qu'aucune rupture n'est possible entre nous. Évidemment nous allons moins nous voir, une forme de proximité, d'intimité est, elle, à jamais perdue et c'est cela qui me peine. Hélène a devant moi l'élégance de ne pas trop montrer sa joie. Elle est certainement déchirée et elle ne fermera pas facilement la porte de la cité Bergère. Elle laisse sous ces toits trop de moments forts, de rencontres, de discussions interminables, de rires et de souffrances — de liberté.

Elle reviendra, c'est ce qu'elle me dit. Elle ne sera en aucune manière enchaînée à Brest. Elle profitera d'un week-end, de quelques jours de vacances pour retrouver le Palais-Royal et les quais de Seine, la rue Montorgueil, L'Ébouillanté et ce bar derrière l'Hôtel de Ville, La Perla, où elle aimait boire un cocktail. Je la crois pleinement parce que je la sais femme à ne pas se laisser ligoter, ni par l'éloignement ni par les exigences de la vie de couple.

Elle vient d'être nommée dans le lycée où j'ai commencé à enseigner. C'est un hasard qui ne me laisse pas indifférent. La perspective d'avoir enfin des élèves plus grands, de travailler des textes et d'être dans la littérature la comble. Elle a la passion de la transmission. Je l'ai vue l'exercer en famille avec l'aînée de ses nièces qui a le goût des mots et de la lecture. Dans ce collège de l'Essonne qu'elle quitte sans déplaisir et où elle vient de passer six ans, elle s'est battue pour donner à des élèves souvent fort éloignés de ces préoccupations le sens de la langue et des textes. La littérature, c'est la première liberté. C'est ce qu'elle pense, c'est ce qu'elle mettra en œuvre jusqu'au bout.

Elle est très belle, elle est allée chez son coiffeur de la Madeleine, elle porte le hâle léger des heures passées en mer lorsqu'elle nous reçoit tous un soir de juin pour sa dernière soirée parisienne. Xavier est là. Et tous ceux qui l'ont accompagnée ces dernières années. Marielle, Loïc, Laurent et Elisabetta, des proches de Pascale aussi. Xavier correspond parfaitement au portrait du marin breton qu'elle avait brossé, réservé, cordial, attentif. Nous savons l'un et l'autre la place qui est la nôtre et la rencontre se déroule le mieux du monde. C'est la dernière fête face au Bébé Cadum de la haute cheminée du boulevard Montmartre et à la maison de Lautréamont, c'est le dernier soir de juin où l'on peut respirer et rêver sur les terrasses, dans quelques jours les meubles, les affiches de Bacon, les livres, les toiles de Borderieux et de Bloas, tout sera parti.

Oui, dans quelques jours, les cartons et les caisses seront en route pour Brest. Je n'aurai pas la force ce soir-là de monter une dernière fois jusqu'à l'appartement sur le point d'être vidé et nous irons dîner de fruits de mer derrière le Palais-Royal, au Grand Colbert.

II

Nos dernières années seront finistériennes, éclairées par la lumière des confins de la péninsule armoricaine, entre Brest, Logonna, Le Faou, la forêt du Cranou et la presqu'île de Crozon. Très vite Hélène a pris ses marques à Brest, elle s'est installée dans une rue qui monte vers le cimetière de Saint-Martin, dans un appartement des années trente, très clair, avec un bow-window. Elle m'attend toujours au bout du quai lorsque je viens la voir, j'aime cette arrivée, le compagnonnage, depuis Landerneau, de la voie ferrée avec l'Élorn, la rivière marine aux prairies et aux vasières découvertes, les eaux hautes et grises sous un ciel qui se charge, les anses sauvages, les petits manoirs perchés au-dessus des grèves, les palissades de maisons et d'arbres puis le paysage s'ouvre soudain avec la perspective du pont de Plougastel, le port, les bassins, les grues, l'austérité minérale et militaire de la rade, les abords bétonnés de la forteresse maritime. Le charme de cette arrivée est toujours ravivé par la présence de l'Élorn, du spectacle changeant de son chenal, lisse comme un lough d'Irlande, une mer intérieure, ou sinuant entre des bourrelets de vase, la beauté même de ce nom qui sonne comme celui d'une rivière magique des romans bretons, et la certitude de trouver Hélène au bout de cette voie qui arrive sur une esplanade aérée dans le tumulte des oiseaux marins.

Grâce à elle, je vais renouer avec les enchantements cachés d'une ville que j'ai quittée il y a dix-sept ans. C'est là que j'ai commencé à enseigner, à écrire, à aimer et le souvenir de ces révélations primordiales est encore intact. De nouveau j'arpente la rue Jean-Jaurès et surtout la rue de Siam qui descend vers le pont de Recouvrance, nous retrouvons le rythme de nos marches fougueuses, accordées, dans le vent froid et salé qui arrive du large, le chahut des goélands et des mouettes tournoyant au-dessus des blocs de béton des immeubles, dans cette lumière grise ou dorée, toujours chargée des gouttelettes d'invisibles averses.

Revenir dans cette ville si dépaysante et pour moi si intime, parce que liée à des journées d'enfance, aux émotions et aux élans d'un départ dans la vie, est chaque fois un plaisir et plus encore lorsque Hélène m'y entraîne. Je marchais du côté du château et sur l'esplanade du cours d'Ajot lorsque j'habitais seul à Brest, mais je dois reconnaître que je descendais rarement au port, à la lisière des bassins et des quais. Hélène a une sorte de prédilection pour ces zones incertaines sous la rouille des grues, ces routes défoncées qui mènent aux bassins du port de commerce, les jetées bétonnées et verdies qui longent les darses, les entrepôts, les crevasses et les flaques des quais, cette ville basse, de la nuit et des partances, tapie sous les murailles de la citadelle. C'est là déjà qu'elle se promenait adolescente avec Éric dans un univers de bétons lichéneux, de fientes, de cratères huileux et de filins rouillés, c'est là qu'aujourd'hui elle m'emmène avec une rapidité et une sûreté qui signalent son expertise, parmi les reliques du royaume spectral des matelots de Genet. Et je nous revois il y a plus de dix ans à Rennes courant visionner deux soirs de suite l'adaptation par Fassbinder du roman de Genet pour le plaisir d'entendre Jeanne Moreau, alias Mme Lysiane, parler de la bite de Querelle. Ce furent nos fantasmes, nos connivences et nos rires et ils resurgissent intacts comme nous allons le long des quais, légèrement grisés par la bière irlandaise que nous venons de boire aux Quatre Vents — devenus, hachés par la précipitation de l'élocution brestoise, Les Quat'Vents — comme nous courons vers cette immense boutique qui vend des cirés, des kabigs, de délicieux pâtés de poisson et des faïences de Quimper.

Une autre fois, au tout début de l'été 2001, Hélène me rend visite à Morlaix où je suis alors en vacances. Je l'emmène déjeuner à Roscoff pour la beauté du port, de ses restaurants en corniche, de cette lumière brossée, décapante — un couteau de granit et d'aigue-marine — qui flotte entre le village, sa merveilleuse église au clocher ajouré et l'île de Batz. Est-ce le fantôme de Corbière qui nous a attirés là ? L'envie peut-être seulement de nous retrouver et de renaître après les durs mois qui ont prélude au départ, la grâce d'un déjeuner de fruits de mer, de tous nos rites l'un des plus plaisants. Je sais que l'automne à Paris sera rude dans un vide qui me terrifie. Il y a ce jour-là dans l'attitude d'Hélène quelque chose de retenu, d'emprunté, qui m'intrigue.

L'après-midi, les jambes coupées par le vin blanc, nous montons les centaines de marches de la flèche du Kreisker à Saint-Pol-de-Léon, comme par défi, et certainement pas pour l'agrément d'un paysage que nous savons plat et seulement rehaussé par les lointains de la baie de Morlaix et les festons rocheux de Roscoff, avec l'exaltation aussi de mettre nos pas dans ceux des bâtisseurs et des pèlerins qui nous ont précédés dans ce vaisseau moussu, cette haute nef de splendeur et de vigie.

Quelques minutes plus tard, alors que nous marchons dans la cathédrale, je comprendrai plus encore la puissance de ce qui nous lie. Ensemble, depuis l'époque où Hélène habitait rue du Chapitre à Rennes, nous avons toujours visité et traversé des cathédrales, Dol, Paris, Chartres, Auxerre, Amiens, Rouen, Gand, Prague, Munich, Tolède et tant d'autres. Nous aimons les déambulatoires, les tombeaux des évêques, les pavages truffés de sépultures, les chapelles latérales, plus secrètes et souvent plus saisissantes que les splendeurs du chœur. Hélène laisse toujours une offrande lumineuse à la mémoire de ceux qui sont partis.

Dans cette cathédrale de Saint-Pol-de-Léon sont conservés derrières les grilles d'un enfeu des reliquaires peints qui contiennent chacun un crâne dont on devine les orbites ou la couleur de vieil ocre cuit à travers de minuscules fenêtres. Les degrés sur lesquels sont rangées les boîtes funéraires portent le nom superbe d'« étagères de la nuit ». Les enfants, les notables, les mendiants, les clercs se retrouvent sur les tablettes de cet étrange ossuaire.

Nous nous sommes arrêtés, fascinés par les chefs, les reliquaires enluminés, dans la pénombre humide, moussue de la chapelle. La fréquentation de la mort, la certitude aussi qu'elle n'est qu'un passage, sont au cœur même de nos fibres finistériennes. Et notre christianisme puise à cette ombre, à ce mystère de l'enfeu et des étagères sacrées.

Hélène regarde longuement les boîtes, avec gravité, puis elle quitte vite la chapelle pour marcher dans la lumière de la nef. Je la vois qui frissonne. Elle a hâte de sortir.

Elle passe à Paris, au seuil de l'hiver, c'est le jour de la remise du prix Médicis, un anniversaire qui ne nous laisse pas insensibles. Nous marchons sous les feuillages d'or du Luxembourg, nous traversons la Seine sur la passerelle des Arts et revenons par son cher Palais-Royal. Le lendemain, je dois partir pour l'Écosse en compagnie de Claudine et d'Hervé Glot. Ce lundi soir, j'ai convié autour d'Hélène quelques amis à dîner, Claudine, Hervé, Loïc. Eux tous qui l'ont connue errante et sombre après la disparition de Pascale sont frappés par sa métamorphose, elle est radieuse, elle se dit heureuse de sa vie brestoise, heureuse aussi de retrouver Paris. Elle est prête à tous les pèlerinages comme si elle voulait se recharger de la beauté des lieux qu'elle a aimés. Elle veut découvrir les derniers livres rares que j'ai achetés, elle veut entendre les dernières pages des *Marées du Faou* écrites après notre ascension des marches du Kreisker et notre contemplation des « étagères de la nuit ».

L'encombrement de mon appartement l'amuse. Je n'ai jamais été très fervent des esthétiques sobres et dépouillées, mais les livres sont devenus trop nombreux, il faut presque se glisser à l'égyptienne entre les piles. Hélène me presse de lancer les travaux de restauration de Kerrod, la maison de mes grands-parents paternels que je viens d'acheter. Elle s'est emparée de ce projet que m'a commandé une sorte de fidélité sentimentale. Cette maison du Faou est à quelques minutes de voiture de sa grève de Porsisquin, elle me dit que le lieu sera plaisant lorsque je l'aurai rafraîchi et meublé, que j'y aurai apposé ma marque en y faisant venir tous les livres qui surchargent ma bibliothèque. La demeure, très délabrée, est pour moi encore remplie de fantômes, mais j'entends Hélène qui me vante la situation de la maison, sa vue sur le village et les lointains du Menez Hom, son jardin paradisiaque, entre la mer et la forêt, dans le berceau de mes racines. J'entends surtout son désir de me garder très près d'elle. Les travaux de restauration de Kerrod seront lancés cet hiver-là.

C'est un jour lumineux d'avril — la date exacte m'est restée : le 18 — et nous marchons sur un chemin côtier le long de la baie de Morlaix tout près du cairn de Barnenez. Nos vacances ne coïncidant pas, Hélène a profité d'une après-midi dépourvue de cours pour venir me voir. Ce lieu splendide d'où l'on surplombe toute l'échancrure de la baie avec le poste de défense du château du Taureau n'appartient pas à notre géographie. Nous nous sommes un peu perdus de vue ces derniers temps, Hélène est partie en Irlande avec Xavier en février à un moment de trouble et de solitude où j'aurais aimé son réconfort, et cette absence et le récit qu'elle m'a fait au téléphone de ce périple, sans doute parce qu'il s'agissait d'un voyage en Irlande, m'ont blessé.

Il fait un temps magnifique et aucune crête d'écume ne vient ourler les vagues. La côte est festonnée d'anses sableuses, de criques de galets, de routes marines dénudées au jusant qui mènent à des îlots rocheux. Il faut prendre garde car le chemin est accidenté, creusé parfois à flanc d'abîme et l'assaut de la mer et l'érosion des pluies ont miné ses assises. Une fois encore, nous allons, *accordés*, inlassables pérégrins des belvédères du large. C'est le lieu qu'a choisi Hélène pour me glisser, entre deux phrases et dans un immense sourire, qu'elle attend un enfant. Elle doit lire aussitôt mon angoisse. C'est pour l'hiver, précise-t-elle, et, de l'avis catégorique des médecins, sans risque majeur.

Je n'ai pas oublié les larmes de la rue Montorgueil deux ans plus tôt, mais je ne peux que me réjouir que tout interdit médical soit enfin levé. Ce passé d'épouvante s'est effacé d'un coup, de manière presque miraculeuse. Je sais Hélène suivie de près et cela me rassure. Elle est lumineuse, irradiante dans son attente dont le terme sera pour elle un accomplissement. C'est ce qu'elle désirait depuis des années, c'est tout le sens de sa nouvelle vie et de son retour à Brest.

Elle est certes prudente cet été-là, soucieuse de ne rien faire qui compromette sa grossesse, mais tout à fait visible et heureuse de sortir. Loïc, qu'elle aime beaucoup, partage avec Xavier la passion du bateau et passe quelques jours à Brest. Ils naviguent un beau jour d'août dans la rade, nous les rejoignons par la route à Camaret. Hélène a toujours été attirée par ce lieu, ce petit port niché dans les indentations de la côte et qui a quelque chose d'irlandais, j'ai le souvenir d'être venu avec elle un soir de brume épaisse, un soir d'été froid et pluvieux, automnal déjà, où les quais sentaient le sel des casiers et le feu de bois. Je l'ai toujours entendue dire qu'elle aimait beaucoup la presqu'île de Crozon qui forme une sorte de territoire originel et sauvage une fois passée l'Aulne, une zone préservée, balayée par les vents, avec ses zones inviolées, ses landes, ses terrains militaires encore protégés de barbelés rouillés. Souvent aussi elle a vogué sur les eaux, ce qui lui donne une connaissance précise des pointes, des anses, des débarcadères, en particulier le petit port du Fret dont elle célèbre la solitude, le charme d'un petit havre perdu au bout des genêts et des ajoncs.

Xavier, Loïc et un autre compagnon d'équipage nous retrouveront au port au moment du déjeuner ; pour l'heure Hélène souhaite marcher jusqu'à la chapelle de Notre-Dame de Rocamadour ocre et basse, comme en figure de proue tout au bout de la jetée qui ceinture le port, chapelle dont elle affectionne le décor marin — elle est ornée d'ex-voto — et la charpente en forme de barque renversée. Une sorte d'exaltation sourde l'embrase comme nous nous dirigeons vers le sanctuaire protégé des vagues par la digue, parce qu'elle aime ce paysage entre tous, cette odeur constante de saumure et de coques calfatées, la proximité du large, des vagues d'émeraude qui roulent, des récifs des Tas de Pois et de la pointe de Pen Hir de l'infini, sans entrave, sans limites. Elle va heureuse, les cheveux au vent, d'un pas plus lent, plus prudent que d'ordinaire, et tout ici la comble, elle goûte ce lieu par tous les temps, ensoleillé comme aujourd'hui mais également venteux, glacial, brouillé de filets de pluie. Je nous revois sur la Chaussée des Géants et à Fanad Head dans la lumière vibratile du Nord.

Il n'y a pas que les quais et l'esplanade de Notre-Dame de Rocamadour qui nous séduisent, il y a aussi des pierres et des ruines que nous irons revoir après le déjeuner rituellement pris dans l'un des restaurants donnant sur le port. Impossible, en effet, de venir à Camaret sans monter jusqu'au cercle de mégalithes dressés dans la lande et jusqu'au manoir tout proche dont la carcasse démembrée surplombe le large. Et nous partageons une attirance irrésistible pour ce lieu. À cause des pierres sans doute, levées parmi les ajoncs et les bruyères comme les lanternes funèbres d'une nécropole immémoriale, à cause aussi des ruines misérables et déchiquetées de ce qui fut le théâtre et le sanctuaire du Magnifique. Des grillages ceinturent à présent le périmètre, empêchant les nostalgiques et les fervents de partir avec des pierres. C'est là, sur cette pointe tragique, ce belvédère offert aux tempêtes et à la rudesse de l'élément, que l'occupant allemand s'est engouffré un soir de l'été de 1940 en la personne d'un soldat ivre, c'est là qu'il a tiré un coup de feu, tuant la servante, c'est là, parmi les livres et les décors baroques, qu'il a violenté Divine, la fille du maître des lieux, Saint-Pol-Roux le Magnifique. Et comme cela ne suffisait pas, les barbares sont revenus quelques jours plus tard fouiller et piller le manoir.

Des touristes passent indifférents, rien ne signale Coecilian, la boucherie et le saccage des vandales, rien ne rappelle qu'un poète a vécu là, libre et flamboyant dans la rumeur de la mer, avant de s'éteindre de chagrin à Brest à l'automne de 1940.

La tristesse et la mélancolie nous saisissent chaque fois au milieu des pierres face à l'étendue somptueuse des vagues qui viennent se déchirer sur les grèves au-dessous des ruines. Nous allons reprendre la route pour retrouver nos amis qui traversent la rade, en faisant une halte à Telgruc pour admirer les photographies des fresques murales que Bloas a peintes sur les parois des vestiges de la base navale de Diégo-Suarez et l'arc de triomphe d'Argol, qui évoque pour nous une mystérieuse et invisible chapelle, perdue dans un dédale d'arbres et de grands fonds.

Je me souviens de mon angoisse à mesure qu'avançait le terme de cette grossesse, j'étais suspendu à un appel, je craignais un accident, quelque chose qui mettrait en péril la vie d'Hélène. Elle se montrait confiante : tout, assurait-elle, se passerait pour le mieux. Je ne demandais qu'à la croire, mais subsistait en moi un fond d'appréhension. Le hasard avait voulu que je fusse à Brest à la suture d'octobre et de novembre, en des jours que j'imaginais être ceux de la délivrance. J'accompagnais un journaliste qui voulait connaître les lieux des *Marées du Faou*. Nous avions pris l'apéritif sur le port de Brest et dîné dans un restaurant que je fréquentais avec Hélène. J'aurais pu simplement appeler Xavier pour en avoir le cœur net. Je n'osais pas le faire. Une aura de mystère et de peur enveloppait cette naissance.

Mon inquiétude ne disparaissait pas alors que je montrais au jeune journaliste le grenier et le jardin automnal de Kerrod, les églises du Faou et de Rumengol — celle des marées et celle de la forêt —, la grève du Passage de l'Aulne avec sa route imaginaire qui s'enfonce sous les flots, le pont de Térénez au-dessus de l'estuaire aux allures de fjord, la perspective des bois et de l'abbaye de Landévennec. J'étais chez moi, sur les terres et les pas de mon enfance. Je confiais à la Vierge de Rumengol — Notre-Dame de tout remède — couronnée et parée dans sa nef aux retables baroques la protection de celle qui allait donner la vie. Et des images confuses m'assaillaient, liées sans doute au récit de l'Apocalypse que j'avais si souvent entendu dans cette même église, la femme qui va enfanter et la bête qui la menace, prête à dévorer l'enfant, des images aussi de naissance précaire, d'exode, de fuite au gré des vents. L'entrée dans la saison sombre m'avait toujours mis dans un état d'inquiétude et de marasme intérieur. C'était le mois des ombres, le mois noir au cours duquel la porosité de cette terre avec l'autre monde est totale. En cette Toussaint lumineuse où nous allions entre Élorn et Aulne parmi les méandres et les sortilèges de mon enfance, ce fond de panique immémoriale me revenait comme il avait dû torturer toutes les vieilles femmes superstitieuses de mon lignage. J'avais pudiquement dit au journaliste que j'étais inquiet. C'était un jeune père, il avait connu ces frayeurs : surtout il avait lu mes livres et il savait la place qu'y tenait Hélène. Nous avions entendu le chant du Paradis éclater sous les voûtes de l'église de La Martyre, soudain dans le soleil de l'éclaircie qui inondait le cimetière les bannières dorées étaient apparues, souveraines, irréelles, comme une procession d'un autre temps, une fidélité anachronique aux âmes des défunts dans une société sans mémoire qui rompait toute amarre avec l'amont et l'au-delà. Toute cette journée, au bord de l'Aulne et au pied de la Vierge de Rumengol, sous la voûte bleue et fleurie d'étoiles de l'église des marées où nous avions assisté à la messe, la pensée d'Hélène et de l'événement qui l'attendait ne m'avait pas quitté.

Quelques jours plus tard, le 12 novembre, la nouvelle me parviendrait enfin, la petite Marie était née. Au téléphone j'avais senti Hélène profondément sereine, sans démonstration excessive, heureuse de cette fille qui lui était arrivée alors que le vent soufflait fort sur Brest, heureuse de cette naissance qui scellait son couple et marquait l'accomplissement de son vieux rêve. Effacées, la peur du nodule inquiétant, la rumination noire qui avait suivi la mort de Pascale, la fréquentation des abîmes, l'angoisse de n'être jamais capable de donner la vie. Oubliés, toute cette période de noirceur, tout ce temps gangrené par la mort. La vie l'emportait, en plein mois des ombres, la vie du février vital des sources qui se réveillent et jaillissent, la vie de la reverdie et de la marche vers Pâques. Cette vie pleine, massive, d'un tenant, tissue à la nature et à la force du lignage, loin des impasses d'une cérébralité excessive, et en laquelle Hélène avait une foi absolue.

Je ferais la connaissance de l'enfant quelques jours plus tard chez moi à Kerrod où Hélène était venue me chercher. Je ne sais plus quel rendez-vous de chantier m'y avait appelé. Elle était arrivée avec cette petite chose fragile et emmitouflée qu'elle tenait contre elle comme un fabuleux trésor. Sa fille, celle que, dans un carnet qu'il me serait donné de lire un jour d'épouvante, elle surnommait la « fleur de la tempête ». Cette nuit de novembre, les vents d'Ouessant et de Molène s'étaient levés, les laminaires dorées avaient surgi des sédiments enfouis de la ville d'Ys, les rafales soufflaient à Camaret dans les ruines du Magnifique, la tempête qui avait tant manqué à Hélène toutes ces nuits où elle avait dormi dans son antre voluptueux de la cité Bergère saluait la naissance de la toute belle, l'immaculée — la fleur des vents.

Il faisait trop froid à Kerrod pour que nous y demeurions plus longtemps. Comme au temps de nos belles années à Rennes, à Lille, à Paris, à Anvers ou ailleurs, nous avions trouvé refuge dans un café, tout près de chez moi, au Donegal. Cela ne s'invente pas, le bar, vide en cette après-midi de novembre où nous nous trouvions avec l'enfant, portait le nom de ce royaume du Nord où nous avions tant aimé Glenveigh, Fanad Head et le Lough Swilly. Notre légende continuait.

Dans la voiture, silencieuse, recueillie, Hélène allaitait le bébé. Elle n'avait pas voulu le faire dans le bar ni dans la maison glacée de Kerrod. C'était plus qu'une présentation, une sorte de baptême entre Élorn et Aulne, tout près de l'église des marées et de la rivière du Faou dont le nom breton veut dire hêtre, un acquiescement aux forces de la mémoire et de la terre, aux mânes de Kerrod.

De cette période, 2003, les premiers mois de 2004, je conserve l'image d'une jeune mère secrètement comblée, dynamique, volontaire, désireuse d'avoir une existence qui ne soit pas uniquement dévolue à sa fille. Xavier est là, bien présent, mais il sait toujours s'effacer pour nous permettre de nous retrouver. C'est le moment de la publication des *Marées du Faou*, Marie-Paul et Charles Kermarrec m'invitent à la librairie Dialogues pour une rencontre avec des lecteurs, Hélène est évidemment là, discrète, au dernier rang. Elle a un attachement particulier pour la librairie où, lycéenne, elle achetait ses premiers livres de poche. C'est là qu'elle a découvert Proust, Rimbaud, Jouve, Bernanos et tous les autres, assise sur les marches qui menaient à l'étage, ces journées lugubres où il pleut à verse sans discontinuer. J'ai de mon côté un attachement pour cet endroit et pour ces libraires qui m'avaient soutenu sans réserve dès la publication de mon premier roman.

Ce dernier livre, rempli des souvenirs, des figures de mon enfance, des lumières de la rade de Brest lorsque le ciel se couvre et que l'on croit entendre au loin les cymbales retentissantes de la chevauchée de Morvark fuyant l'anéantissement de la « splendide ville », Hélène y est entrée comme chez elle, parce qu'elle m'a entendu raconter cent fois ces histoires — celle de la pauvre Annonciat tragiquement noyée un soir d'hiver alors que, croyant s'engager sur le pont, elle a basculé à la mer —, parce qu'elle connaît ces lieux qu'elle m'encourage aujourd'hui à investir et surtout parce que ces faits, ces personnages, cette présence constante des mythes, ces odeurs, ces lumières de taillis et de mer, d'échancrures marines ceintes de bois et de forêts maritimes, relèvent d'une souche géographique et mémorielle qui nous est commune. Nous sommes de la même terre, quasiment de la même période historique aussi — Hélène accède à une forme de conscience politique au moment de l'élection de François Mitterrand, moi quelques années plus tôt à la mort de Georges Pompidou —, nous avons vu changer le visage de la campagne finistérienne, la modernité broyeuse arriver avec l'effacement des chevaux, un remembrement dévastateur, la mort de la paysannerie traditionnelle, une industrialisation agricole saccageuse.

Elle me parlera plusieurs fois de ce livre qui l'a peut-être un peu plus touchée que d'autres, le lendemain de sa présentation chez Dialogues, comme nous marchons au bord de l'étang de Kerhuon en poussant le landau de la petite Marie, quelques semaines plus tard sur le chemin côtier du Conquet face aux îles dont on discerne les contours dans une visibilité parfaite, alors que j'essaie d'échapper à l'obsession d'un jeune homme qui me hante. C'est un peu le livre de notre séparation — je l'ai commencé au moment où Hélène s'en allait —, de nos retrouvailles finistériennes, de notre gémellité siamoise, de notre indestructible lien.

L'hiver suivant, Hélène a repris ses cours. Elle m'a invité à venir parler de ce récit autobiographique devant ses élèves, dans le lycée où j'ai commencé. Elle n'oublie jamais Kerrod, ce qu'il faut y faire pour que j'aie envie d'y venir plus souvent. Nous plantons une vigne vierge destinée à grimper le long du pignon est, une touffe de bambous, un mimosa. Rien de plus beau que l'or des mimosas en février, quand tout renaît. Dans la maison, Hélène s'attaque, en le traitant et le cirant, au vénérable buffet familial avec ses Bretons sculptés, tout un symbole.

Elle vient à Paris plusieurs fois, elle veut revoir les quais, traverser la ville, prendre une bière rue des Petits-Carreaux chez Dhebia. Elle vient pour le jury du concours général de composition française où je lui ai demandé d'entrer. C'est l'occasion de retrouver nos rites, un apéritif avec Loïc chez Dhebia puis le dîner chez Priti, notre délicieux indien de la rue Saint-Sauveur. Le lendemain, levée de bonne heure, elle insiste pour que nous gagnions la rue de Grenelle à pied, pour le plaisir d'une marche matinale le long des galeries de son cher Palais-Royal où elle venait lire, à travers le Louvre et les Tuileries, le long de la Seine étrangement belle et éclatante dans le jour naissant.

Je la revois encore, un jour chaud de mai, du côté de Longpont-sur-Orge dans le jardin de Joséphina, une amie de Pascale. Elle est accompagnée de Xavier et de Marie. Plusieurs amis sont réunis pour un déjeuner dans le jardin de la propriété. Nous nous parlons peu. Hélène et Xavier sont les premiers à partir. Elle m'apparaît légèrement fatiguée — la fête de la veille s'est prolongée tard dans la nuit —, anxieuse des conditions du retour, exagérément inquiète et comme attristée à l'idée de devoir rentrer.

Je suis chez moi le mardi 15 juin 2004 vers la fin de l'après-midi lorsque Hélène m'appelle sur ma ligne privée :

— J'ai attendu quelques jours pour te prévenir, j'ai un cancer. La chimiothérapie va commencer très vite. Je serai opérée du sein dans quelques semaines. On ne sait pas encore quand…

Elle m'avoue quelques secondes plus tard qu'elle était enceinte et qu'elle a perdu l'enfant. Je l'écoute encore, sans voix, me dire comment, alors qu'elle allait se baigner sur la grève de Porsisquin, elle a découvert une grosseur qui a été prise aussitôt très au sérieux par sa sœur Emmanuelle. Les examens entrepris sans délai ont permis de déceler une tumeur déjà importante. Les médecins l'ont immédiatement mise face à un choix terrible : ou elle continuait à porter l'enfant et le cancer se développait à une vitesse galopante, ou elle renonçait à cette grossesse et l'on pouvait alors lancer très vite le traitement.

Je reste de longues minutes prostré, incapable de bouger, tétanisé par ce que je viens d'apprendre. Quelques heures plus tard, dans un sommeil déchiré d'insomnies, je me réveillerai, ressassant cette nouvelle comme le reliquat d'un cauchemar. J'ai senti Hélène grave et lucide, décidée à se battre sans relâche, il n'empêche, je reste foudroyé par cette irruption de la mort. J'entends encore sa voix lourde de sanglots étouffés lorsqu'elle a évoqué l'autre douleur, celle de la grossesse tragiquement interrompue. Elle vivra, j'en suis sûr, elle est plus forte que le mal qui est entré en elle, elle a une vitalité superbe, fortifiée par les vagues froides de l'Atlantique, une foi en la vie, augmentée par la naissance de Marie, qui lui ferait déplacer des montagnes.

Je suis inerte, sur mon canapé, face au beau Christ endormi et impassible que nous avions rapporté de Prague, face au fauteuil où elle s'était assise quand elle était venue m'annoncer sa décision, l'imminence de son départ pour Brest. Et je me remémore les images des dernières années, son bonheur avec Xavier dans l'appartement au bow-window, l'attente de leur fille, sa joie débordante à l'apparition de la « fleur de la tempête », cette vie nouvelle, sereine, j'ose le mot, équilibrée.

La nouvelle est arrivée il y a quelques minutes déjà et je ne peux toujours pas l'admettre. Je ne suis pas médecin, je ne connais rien de l'avancement ni de l'étendue du mal, mais, à la gravité du ton d'Hélène, j'ai compris que les choses étaient sérieuses. Il lui a fallu plusieurs jours pour me l'annoncer, le temps de surmonter le deuil de l'enfant à venir, le temps aussi de disposer de résultats sûrs.

Elle ne m'a rien caché de ce qui l'attend : une chimiothérapie d'au moins trois mois, une opération mutilante, une cure de rayons. Et elle a ajouté : « Une chose est certaine, je n'enseignerai pas l'an prochain… », avec une forme de tristesse.

Trois fois ces dernières années, j'ai vu de très près le travail d'érosion et de dévastation du cancer, j'ai vu surtout l'abattement, les nausées, l'extrême fatigue que cause le traitement. Je crois Hélène immortelle, d'une énergie, d'une endurance que rien n'entame, mais je connais aussi la rapidité foudroyante à laquelle la maladie peut se diffuser chez les êtres jeunes. Et tout cela s'impose, avec une effroyable lucidité, dans ma prostration.

Il faudra quelques minutes encore avant que je puisse parler, avant que ces mots qui sonnent comme un communiqué médical, implacable, glacial, ne sortent de ma bouche asséchée. Hélène est malade, elle a un cancer. Peut-être le fait de le dire donnera-t-il un commencement de réalité à ce qui est tombé dans la torpeur d'une fin d'après-midi de juin et qui l'a changée en un moment d'épouvante. Je voudrais hurler mon angoisse à la face de la terre, mais il ne s'agit, pour l'heure, que d'annoncer ce mal à quelques intimes, quelques témoins de notre passé et de notre présent miraculeusement renouvelé en redisant ces mots atroces, les jalons d'un été de ténèbres — cancer, avortement, chimiothérapie — dont la seule profération me déchire le corps. Je vais appeler ma mère, Corinne, Marielle, Loïc, avec le sentiment coupable de porter au jour quelque chose qui regarde l'intimité d'Hélène, le secret de son combat, mais elle ne m'a laissé aucune consigne particulière. Il m'apparaîtra plus tard qu'elle déteste qu'on fasse état de sa maladie, que des étrangers s'emparent d'un sujet qui la regarde, elle, sa lutte et sa survie. Ceux que je préviens sont des proches qui la connaissent bien et qui l'aiment, tous resteront sonnés, terrassés par cette information stupéfiante.

Ce soir-là, Loïc est dans les Vosges pour affaires, très loin, il rentrera dans la nuit. Je me rappelle avoir parlé au téléphone avec Marielle longuement, incapable de dîner, de sortir, affolé de devoir rester là même où est tombée la nouvelle, terrifié par la solitude, tout ce que je remâche, la nuit qui arrive.

Dès les premiers jours de juillet, je me suis précipité à Brest. Le traitement a eu ses premiers effets, radicaux. Hélène a le visage gonflé, elle dissimule sous un foulard ses cheveux qu'elle commence à perdre. Pour l'avoir hélas déjà vécu, j'ai fait mien le rythme de la chimiothérapie, je connais les dates d'hospitalisation, je sais qu'il ne faut pas appeler les jours qui suivent lorsque la fatigue déferle ; il faut continuer à se manifester au bon moment, ne pas insister si la malade se repose ou ne veut pas répondre. Ce jour de juillet, Hélène veut continuer à mener une vie normale, elle a préparé un déjeuner léger d'été, elle cherche surtout à montrer qu'elle ne cède pas devant la maladie. Dans le soleil qui inonde la cuisine d'où l'on entend crier les sempiternelles mouettes brestoises, elle commente l'actualité, s'intéresse au roman que je viens de commencer, nous parlons de Mgr Marcadé, évêque de Laval dans les années 30, chassé de son siège épiscopal parce qu'il s'était laissé aller à son amour des garçons : ce sera le modèle de Mgr Delanoue dans *La consolation*, c'est l'incarnation même des personnages qui fascinent Hélène. Elle sourit, parle des progrès de Marie qui, pendant ce temps, joue, comme si de rien n'était, dans le salon. Elle goûte un peu de salade, trempe tout juste ses lèvres dans un verre de vin, s'absente brusquement de la conversation, le regard perdu et immensément triste. Revient alors toute la douleur de la grossesse arrêtée, l'injustice de ce qui s'est abattu sur elle alors qu'elle s'apprêtait à donner la vie, l'angoisse qui la saisit quand elle considère le chemin de ténèbres qui lui reste à parcourir, l'altération de son visage, la perte de ses cheveux, la nausée, la sensation de son corps qui lui manque.

La petite va et vient, chantonne, revient solliciter sa maman et se blottir contre elle. La lumière de juillet éclabousse le béton gris et lichéneux de Brest, à pareille période, les années précédentes, Hélène n'était déjà plus là, elle nageait plusieurs fois par jour à Porsisquin. Elle compte s'y installer le plus vite possible, retrouver sa famille, ses nièces, sa grève et les chemins côtiers, les ajoncs au bord des prairies qui dominent la rade. Elle reviendra à Brest pour les soins.

La petite Marie fait une courte sieste. Hélène se dit confiante dans le protocole choisi et dans ses chances de guérison, la cancérologue est une femme de grande qualité, amie d'Emmanuelle, ce sont les effets cumulés du traitement qu'elle redoute, l'ablation du sein prévue pour l'automne, elle a déjà imaginé d'aller se reposer avec Xavier en Corse quelques jours au début d'octobre après tous ces tourments.

Elle m'a avoué, comme cela, d'un ton presque détaché, en desservant, que la tumeur était tout sauf anodine, plusieurs centimètres déjà. C'est la pensée qui ne me quitte plus comme elle s'est retirée dans sa chambre quelques minutes pour s'allonger. Je me suis assis dans le canapé qui était déjà celui de l'appartement sous les toits, mon regard glisse sur les toiles de Bloas et de Borderieux, les livres, les photos de bateau et de mer ajoutées par Xavier, le portrait sépia du grand-père Moalic dans son pousse-pousse à Saigon. Le grand fauteuil de cuir craquelé du bow-window est vide, un plaid écossais rouge impeccablement plié sur son accoudoir : c'est là que s'installait souvent Hélène lorsqu'elle nourrissait encore sa fille.

Le temps s'est comme arrêté, je suis seul face à l'étagère sur laquelle Hélène a aligné les volumes de la *Recherche* dans l'édition blanche de la NRF et les œuvres de Gracq. Il y a là encore tous ces auteurs que nous suivons de livre en livre, Grainville, Quignard, Millet, Sylvie Germain, Dominique Barbéris, et d'autres encore publiés aux éditions de Minuit que je laisse à Hélène. Les disques sont tout proches, les classiques et aussi les albums que nous écoutions sous les toits face au Bébé Cadum et à la maison de Lautréamont, Bashung, Gainsbourg, Souchon. J'ai la tentation fugace de mettre « La Saison des pluies » de Françoise Hardy que nous avons entendue à Paris tant de fois ensemble, c'est impossible, Hélène et Marie dorment et je ne suis plus très sûr d'avoir la force d'écouter cette chanson.

Une rêverie plus sombre m'envahit. Les livres rangés, le fauteuil vide, les voix évanouies... Je me ressaisis. C'est précisément la pensée qu'il me faut combattre, la rumination noire qui me reprendra peut-être tout à l'heure dans le train quand je longerai l'Élorn au jusant ; ce ressassement, cet acquiescement vertigineux au vide, il n'y a qu'à la rivière au nom magique que je puisse les confier, à ses méandres creusés dans la vase, à la marée qui ne vient plus.

Hélène est réapparue. Je fais semblant de feuilleter *Le Figaro* que je lisais le matin même en venant. Elle se brosse les dents, avec application, en marchant dans l'appartement comme je l'ai toujours vue faire. Il me semble qu'elle s'est légèrement maquillée, elle a parfaitement disposé le foulard sur son front dégagé, ce qui lui donne encore plus de majesté.

— Il fait beau, nous n'allons pas rester enfermés. Je passe assez de temps entre ces murs quand ça ne va pas. Nous allons marcher dans le vallon du Stang-Alar. Tu vas voir, c'est superbe, c'est une vallée ombragée et remplie de plantes exotiques. Nous y trouverons un peu de fraîcheur…

Elle n'abdiquera pas. Elle ne cédera rien de son esprit, de son intelligence au mal qui est en elle. C'est le retour des cures de chimiothérapie qui la laisse nauséeuse, abattue. Impossible de la voir ou de lui parler alors. Dans ses moments d'abandon, elle mesure tout ce qu'elle a perdu, un enfant, la possibilité d'en avoir à jamais. Elle me le dit. Elle ne s'attarde guère sur la fatalité qui l'a jetée dans la nuit. Elle retrouve même un brin d'humour pour brosser le portrait des vieilles femmes, ses compagnes d'infortune à l'hôpital, qui s'abrutissent devant d'infâmes séries américaines. Je préfère ne pas imaginer ces moments où elle se retrouve seule face à elle-même dans un univers hostile, toutes ces heures nécessaires pour que la perfusion s'écoule, pour que le produit subtilement dosé entre en elle et anéantisse la prolifération des cellules malignes.

Elle va guérir, c'est ce qu'elle dit, le visage plus bouffi que l'autre fois mais lumineuse, ce dimanche de juillet où elle est assise devant ma mère dans le jardin d'hiver de la maison de Morlaix. Elle est venue accompagner Xavier qui doit partir pour une régate le soir même du port. Il fait chaud. Je la sens tendue, agacée d'un rien et je me demande si elle n'a pas présumé de ses forces. Elle désire rouler, apercevoir les landes qui marquent le début des monts d'Arrée. Sur la route des gendarmes contrôlent la circulation. Elle s'avise alors qu'elle n'a pas la carte grise de la voiture qui est celle de Xavier. Il nous faut faire demi-tour, prendre un autre itinéraire et nous contenter d'une halte auprès de la belle église de Plougonven. Tout cela l'a irritée, le fait d'être empêchée, ce qu'elle déteste, la déception de n'avoir pu monter jusqu'aux landes illuminées d'ajoncs en fleur.

Dans le petit café à côté de l'église, plus tard à Morlaix non loin des quais, malgré la chaleur suffocante qui ajoute à sa fatigue, elle parle de tout et de rien, demande des nouvelles des uns et des autres. La maladie, et il en sera souvent ainsi, a totalement disparu de notre univers. Elle se projette dans l'avenir, entrevoit le moment où elle pourra de nouveau enseigner, peut-être avant la fin de son congé, elle voudrait lire, mais les forces lui manquent, surtout les jours qui suivent la séance de chimiothérapie où le moindre geste lui coûte. Elle attend de la lumière d'octobre comme une renaissance : il y aura la Corse sitôt l'opération passée, elle aimerait ensuite venir seule à Paris, chez moi, deux ou trois jours, le temps de revoir la Seine et le Palais-Royal, Saint-Eustache, la rue Montorgueil, quelques amis. Elle dit avoir perdu, à cause de son traitement, le goût des choses, mais elle rêve déjà d'une bière belge dans le bar magnifique et authentique de Dhebia, un soir doux d'octobre, une fois toutes ces épreuves vaincues.

N'était le foulard qu'elle porte haut sur son beau front, son regard qui se perd parfois, saisi par l'angoisse, j'oublierais le drame qu'elle traverse. Elle croit en la vertu de talismans précieux, uniques, sa famille, sa fille, essentielle pour elle, l'amitié de quelques-uns, le monde élémentaire, les bains dans les eaux brassées de Logonna, la gloire de la lumière d'octobre, rousse, vaporeuse, qui lui donnera le revif.

Marielle nous a rejoints et nous sommes autour d'elle, avec Xavier, le 15 août à Logonna, le jour de la fête de la « fleur de la tempête ». Nous buvons, à la santé de la petite Marie, le champagne sur la terrasse, près de la mer, Hélène s'est baignée la veille, c'est une semaine d'accalmie, d'accord avec ceux qui l'entourent, avec le paysage aussi, les eaux vertes de la rade, ses pointes, ses anses secrètes et leurs éperons de pierre friable et feuilletée qui s'enfoncent dans la mer. Elle est drôle, avec un voile de gravité, elle se souvient de Pascale et de nos moments communs à Paris. Il y a des tourteaux frais et juteux, du vin blanc, mais soudain le temps change, il commence à pleuvoir et nous devons trouver refuge dans la maison. Une sorte d'humidité froide nous enveloppe. La demeure, une ancienne grange réaménagée, est construite à même la terre et on dirait que, dès qu'il pleut, la froidure remonte du sol. Très vulnérable face à ce changement de climat, l'humeur d'Hélène s'assombrit aussitôt, la pluie est arrivée sur la rade avec son rideau de tristesse qui obstrue tout. Les chansons de Vincent Delerm, sensibles, nostalgiques, viennent renforcer cette impression de mélancolie subite.

L'après-midi, dans le jardin de Kerrod où Hélène désire cueillir des pommes, il tombe des cordes. Nous fuyons. Impensable de rester plus longtemps à Logonna, dans l'herbe et sous les feuillages mouillés, à écouter Vincent Delerm et son « Baiser Modiano », en regardant tomber la pluie. Ce surgissement de la froidure d'automne en plein cœur de l'été a rempli Hélène d'une morosité tenace. Elle frissonne et elle veut partir. Son organisme affaibli la rend plus fragile devant les variations du temps. L'inquiétude nous étreint tous. Nous rentrons à Brest sous une pluie qui ne faiblit pas.

Ce jeudi superbe d'octobre, à l'heure du déjeuner, je retrouve Hélène installée dans le box du fond, dans l'arrière-salle du bar de Dhebia, enturbannée, maquillée, portant de lourdes et belles boucles d'oreilles comme elle les affectionne. Elle discute avec Marielle de passage à Paris ce jour-là. Son rêve s'est réalisé : la cure de chimiothérapie terminée, elle a pu partir avec Xavier et la petite en Corse, elle s'est baignée, elle a vu un peu l'arrière-pays, elle parle avec beaucoup d'enthousiasme de la côte et de la beauté de la lumière. À l'écouter, on pourrait presque penser que l'opération n'a pas eu lieu, le traitement, les heures d'abattement et de vomissements, l'immense épuisement de l'été. Elle veut, dans l'après-midi, aller voir des bijoux du côté de la fontaine des Innocents. Pour l'heure elle est heureuse au fond du bar, au fond de l'antre aux miroirs décoré comme toujours de merveilleux bouquets de roses, elle a maigri et il me semble qu'elle commandait à Marielle une tenue quand je suis arrivé. Elle parle de sa fille, de ses projets, des livres qu'elle a l'intention de lire tout le temps de sa convalescence. Elle aimerait revenir vers Proust. Des séances de radiothérapie sont prévues dès son retour, mais elle les rejette d'un geste de la main, elle ne les craint pas, ce n'est rien à côté de ce qu'elle a traversé.

Au moment du café qu'elle souhaite nous offrir, Dhebia est venue s'asseoir dans notre box, avec infiniment de délicatesse. Inutile de se lancer dans de longues confidences avec elle, elle a une exacte prescience des situations et des histoires, elle devine tout des drames, des blessures, de ce qui obscurcit les cœurs. Elle a noué avec les clients de ce vieux bistrot des Halles que tenaient ses parents avant elle de véritables relations d'amitié, elle connaît les êtres, leur cheminement, la pesanteur et l'opacité des vies. Elle me dira plus tard avoir été séduite par la classe et l'élégance d'Hélène alors que je buvais un café avec elle à la terrasse, au printemps de 2001, peu de temps avant le départ pour Brest. Immédiatement, en un éclair, elle a capté quelque chose du rayonnement d'Hélène et du lien abyssal qui nous attache. Petite fée rousse et frêle, d'une intelligence et d'une sagacité redoutables, Dhebia est la maîtresse de ces lieux, rien n'est plus pareil dès qu'elle s'absente, son arrivée suffit à charger l'endroit d'une puissance mystérieuse, celle de l'hôtesse, de la confidente, du rebouteux des âmes. Elle connaît peu Hélène, mais d'emblée une forme de connivence s'est établie entre elles, et Dhebia lance la conversation comme si le départ de Paris et la maladie n'avaient jamais existé. Elle prend des nouvelles de Marie qu'elle a tout juste aperçue, Hélène parle de l'épreuve des derniers mois, avec retenue, sans fard, elle ne dissimule rien de la gravité de la tumeur — plusieurs centimètres, c'est ce qu'elle redit — mais elle est confiante, combative, convaincue d'avoir déjà gagné en partie sa lutte contre le mal sournois et insidieux.

Le moment du café s'éternise, parce que Hélène est heureuse, apaisée, ce décor de miroirs, de banquettes craquelées, de grands bouquets de roses, qui reste comme une enclave authentique dans la défiguration généralisée de la rue Montorgueil de plus en plus assujettie au diktat de la mode et aux caprices des bobos, c'est tout ce qu'elle adore, c'est ce qu'elle cherchait avec Pascale dans les quartiers reculés de l'est de Paris, un bistrot immémorial, originel, comme un cocon ou une arche salvatrice. Elle dit à Dhebia son bonheur d'être là, parisienne pour quelques jours, dans la lumière cuivrée d'octobre qu'elle aime entre toutes ; connaissant l'ascendance algérienne de Dhebia, elle évoque le dernier spectacle de Fellag qu'elle vient de voir à Brest, elle ne croit pas si bien faire, Dhebia est une admiratrice de longue date de cet artiste qu'elle connaît bien.

Elles resteraient des heures à bavarder. Hélène promet de repasser en fin d'après-midi, à l'heure de l'apéritif. Je la conduis jusqu'à ma chambre pour qu'elle se repose un peu. Je suis ravi de l'avoir vue si pétillante, si prolixe, mais je ne me défais pas d'une sourde angoisse, la convalescence est tout juste commencée et je crains qu'Hélène n'en fasse toujours un peu trop. La hantise de la maladie ne me quitte pas. Hélène est entrée dans le salon, sans sa coiffure qu'elle avait ôtée le temps de la sieste, elle voulait contempler le Christ de Prague. Je ne suis pas sûr d'avoir su retenir mon émotion de la voir si fragile, si dénudée. La disparition de la chevelure des femmes est liée de manière intime et tragique à l'effroi des camps, à la proscription de la tonte, à ce qui défigure et anéantit. Avec beaucoup de naturel, Hélène ajuste son turban.

— Tu vas voir, mes cheveux vont repousser drus... et

bouclés. Tu ne me reconnaîtras pas : j'aurai une autre tête ! Je serai crépue…

Elle rit. Elle se sent reposée, d'attaque, c'est son mot. Elle veut que nous marchions jusqu'à la Seine. Inutile d'entrer dans de longs développements : c'est tout le territoire de nos promenades anciennes qui revient, la rue d'Aboukir, la place des Petits-Pères, les arrières du Palais-Royal, le passage du Perron, la vitrine des boîtes à musique, la poussière blanche des allées du jardin, la bruine lustrale des jets d'eau.

Il y a dans ces pas un élan timide, quelque chose qui tiendrait de la reconquête, c'est le cadastre enfoui des déambulations anciennes, le chiffre magique d'une ville que tentent de capter nos pas. C'est un corps blessé et comme étranger qu'Hélène essaie aussi de recouvrer dans la lumière légère, floconneuse, qui dore les croisées et les colonnes, la lumière glorieuse, royale d'avant Salesbières, Samain et le basculement dans la saison sombre, elle va d'un pas plutôt rapide comme si le mal s'était dissous, comme si de nouveau elle habitait son corps de femme sportive et volontaire, dans la plénitude d'une fougue retrouvée.

Nous ne traverserons pas le fleuve. Nous nous sommes arrêtés à sa barre qui miroite sous la muraille des quais, aveuglés par la lumière plus rousse, plus intense à la suture des pierres et de l'eau. C'est la marcheuse de Bruges, de Gand, de Saint-Pétersbourg et de Prague que j'ai à mes côtés, la grande, invincible, déliée, portée par le rythme de pas que rien n'arrête, ma grande marcheuse des escarpements de Tolède et de la nef aux glaces d'Herrenchiemsee, intacte, sûre d'elle, la marcheuse perpétuelle des lisières aquatiques du Louvre.

Elle va et je la suis, j'ai adopté sa cadence, je vais au rythme de sa conquête et de sa renaissance. Dans quelques minutes, le temps d'une messe, nous ferons halte dans le chevet de Saint-Eustache, tout au bout du grand vaisseau froid et masculin, au pied de la si fragile Madone de Pigalle. En souvenir d'un dimanche de mai, d'un prêtre chauve à la voix métallique, d'un office somptueux au début de notre histoire parisienne.

La messe est basse, rapide mais tout aussi fervente sous la protection de la Vierge de marbre blanc. Je crains qu'une formule, qu'une pensée n'assombrisse Hélène. Je crains que la fatigue ne déferle sur elle quand il faudra commencer la remontée de la rue Montorgueil. Il n'en est rien.

Elle est radieuse et sereine lorsqu'elle sort de l'église Saint-Eustache. Elle n'a rien oublié de la promesse faite à Dhebia.

— Tu sais où me trouver, dit-elle à Xavier qu'elle appelle sur son mobile comme nous nous mêlons à la foule des branchés et des araignées qui remonte la rue, je suis redevenue parisienne, je vais boire une Leffe chez Dhebia.

Elle murmure aussi quelques mots à sa fille. Dans la tiédeur de la nuit qui arrive, nous marchons vers l'antre aux miroirs et aux roses, avant d'aller dîner dans notre restaurant indien de la rue Saint-Sauveur. Le souvenir atroce de la révélation de juin s'est miraculeusement évanoui.

Le chemin de la guérison s'enracine pour moi dans le souvenir de ces belles journées d'octobre où la lumière dorée du Palais-Royal et des quais de Seine a effacé l'épouvante des derniers mois. Évidemment Hélène demeure extrêmement fatigable, il faut même parfois réfréner sa voracité de promenades, il est impensable de courir jusqu'au Bouillon Chartier de la rue Racine où il nous arrivait l'hiver de boire des chocolats chauds, ou jusqu'au musée Gustave Moreau, mais la joie qu'elle manifeste à être là, libre, ressuscitée, me comble. Nous n'irons pas jusqu'à la boutique de bijoux de la fontaine des Innocents, ce sera pour plus tard, Hélène compte bien revenir.

Il reste les séances quotidiennes de radiothérapie, la surveillance constante d'un mal enfoui, l'observation des marqueurs, la crainte d'un cancer secondaire, infiltrant. Et dans les conversations de l'hiver, plus au téléphone que face à face, l'angoisse renaît, celle que la cure qui se prolonge un peu ne brûle la peau, celle qu'on ne décèle des métastases nouvelles, l'angoisse et le deuil, celui de l'enfant et du sein perdus. Au deuil de l'enfant qui allait venir et de toute grossesse ultérieure s'est ajoutée la mutilation, plus terrible que les rides, que les marques d'un vieillissement précoce, que la perte des cheveux. On peut évidemment espérer en les miracles de la chirurgie, ce que fait Hélène. Mais l'enfant en devenir et le sein ont été consentis à la mort, à ce néant des flammes qu'il y a derrière les salles froides de l'hôpital, comme un tribut barbare laissé pour la survie. Dans les moments où la douleur se livre, c'est ce que je crois entendre, le cri irrépressible d'une femme blessée, marquée, désignée, le cri d'une chair sur laquelle la mort a creusé sa signature.

Ils sont des millions comme elle et je me souviens à cet instant d'Anne-Marie, de Jeannine, d'Alain que j'ai vus disparaître. Et tous ces anonymes que mon regard croise soudain, parce qu'ils portent la marque, que quelque chose les désigne qui nous glace, souffrant, touchés par l'impitoyable mal, membres de l'immense confrérie cancéreuse. Abandonné au flux de la rue, au flot de ceux qui passent, je ne supporte plus la menace de la souffrance, le signe de l'étoile aux branches dardées de pinces.

Comme je ne supporte plus, moi qui les ai tant aimées, les Vierges à l'enfant, les belles jeunes filles en extase des polyptyques de Venise et de Bruges, les seins dénudés, rebondis, cette opulence niaise de la vie.

Dès février je l'avais toujours vue se mettre à l'unisson du monde, croyant de toutes ses fibres aux forces qui arrachaient à la léthargie de l'hiver. C'était d'un autre hiver qu'elle sortait, ses cheveux avaient repoussé, plus denses, frisés, ce qui lui donnait une allure garçonne et cet hiver paraissait à présent un lointain cauchemar. Toujours je l'avais vue attendre ce moment de la reverdie comme un temps où elle pourrait reprendre ses quartiers à Porsisquin parmi les aubépines et les genêts en fleur.

De nouveau l'avenir l'occupait. Elle lisait Sénèque et Tchekhov dans la perspective du cours qu'elle aurait à faire : en septembre elle serait devant ses élèves, toute trace du drame effacée. Les travaux d'aménagement de Kerrod, que j'avais délaissés dès l'annonce de la maladie, elle me pressait maintenant de les reprendre, prête à mettre elle-même la main à la pâte, à attaquer la rénovation et le cirage des vieux parquets, à faire disparaître les papiers peints hideux et moisis qui dataient de mes grands-parents. Je ne voulais pas qu'elle s'épuisât. Mais c'était compter sans sa volonté, l'énergie sauvage qu'elle mettait dans ce qu'elle entreprenait, une constance, une application folle. Rien ne l'arrêtait alors.

Nous nous sommes beaucoup vus tous ces temps-là, je me rendais volontiers disponible, dès que le loisir m'en était donné, je filais vers Brest. Ce n'était pas la restauration de Kerrod qui importait, c'était la possibilité d'être enfin avec elle, sans souci de temps et d'obligation, dans la liberté de la convalescence. Tout prétexte était bon pour quitter Paris : aller ensemble écouter Vincent Delerm au Quartz en souvenir du lugubre 15 août sous la pluie de Logonna. Une complicité s'était retissée, Hélène confiait la petite à sa mère et nous passions l'Élorn avec allégresse. La menace qui m'avait tant hanté s'était dissipée. Hélène savait qu'elle aurait à se soumettre à une surveillance constante, elle l'avait admis et ce n'était rien à côté de ce qu'elle avait connu.

De beaux moments de ferveur éclairent ce printemps où nous sommes ensemble comme nous ne l'étions plus depuis des années. Hélène se déplace à Paris quand François Fillon me remet une distinction rue de Grenelle un soir pluvieux d'avril, elle porte un chemisier blanc, elle est passée l'après-midi chez son coiffeur de la Madeleine, elle est apaisée, heureuse de revoir beaucoup d'amis, la maternité puis la maladie ont effacé en elle toute dureté, cette intransigeance juvénile qui se manifestait autrefois dès qu'elle entendait un mot ou une remarque qui l'agaçaient. C'est elle la reine de ce soir où nous regardons la pluie ruisseler sur les beaux feuillages printaniers du jardin de l'hôtel de Rochechouart, c'est vers elle que convergent les regards, dans les salons du ministère et dans mon quartier ensuite, sous les miroirs et les roses rouges du bar de Dhebia. Je bénirais presque la convalescence qui me la rend aussi disponible, aussi présente, et qui lui donne ce soir de fête la place secrète et essentielle qui, malgré la distance, est toujours restée la sienne.

Nous nous sommes mis en tête d'organiser une petite réception à Kerrod à l'occasion du solstice de juin. Plusieurs amis de Paris, Loïc, Corinne, Thomas, se sont dits prêts à venir jusqu'au Faou. Mais l'état de la maison appelle encore des heures et des heures de travail. La vaisselle entassée au grenier est d'une saleté repoussante, les meubles et les parquets demandent à être cirés et briqués, d'ultimes détails décoratifs sont encore à prévoir, en particulier l'accrochage des tableaux africains rapportés par mes grands-parents d'un séjour à Dakar et que je souhaite replacer dans la salle à manger, là où ils se trouvaient avant les transformations récentes.

Ce seront des heures d'une activité fiévreuse et drôle, Hélène enfile une salopette bleue d'ouvrier, nous travaillons comme des damnés, nous nous arrêtons le temps de descendre au village acheter quelques provisions pour déjeuner légèrement dans la salle à manger, la fenêtre ouverte sur les palmiers de mon enfance, qui enchantent Hélène, et les lointains du Menez Hom. Nous sommes là quelques jours après l'élection de Benoît XVI et je me rappelle que la personnalité du pontife allemand ne dit rien qui vaille à Hélène. Nous sommes là encore au lendemain du référendum perdu et nous découvrons ensemble la formation du gouvernement Villepin qui ne l'emballe guère. Parfois nous nous échappons du côté de la forêt du Cranou en ne manquant jamais de faire halte à Rumengol pour allumer un cierge auprès de la Vierge des bois enchâssée dans ses retables baroques.

Ce sont des moments heureux et simples où nous parlons de rien et de tout, de livres et de souvenirs de voyages, de mes livres et de ceux que je prépare. Hélène prend l'air sur le balcon, la vue sur l'église et sa terrasse que mouillent les marées, le village, les prairies très vertes accrochées aux premiers escarpements des collines la ravit. Elle ne cesse de me louer d'avoir repris cette maison où toutes les ombres ont disparu et où je me sens bien en effet, parce qu'elle est là et que la renaissance de Kerrod est notre œuvre commune.

Le soir du solstice, dans le jardin puis dans la maison fleurie des petites roses que nous avons cueillies sur les arceaux de ma grand-mère, Hélène porte une magnifique veste longue extrêmement colorée avec des ramages, des bouquets. Xavier et Marie l'accompagnent. Au moment de l'apéritif la petite fée, coiffée d'un joli foulard blanc, s'amuse en courant dans l'herbe entre les pommiers et les haies de troènes. Les fenêtres sont ouvertes sur le soir bleuté et la nuit qui tarde à venir. De longues nappes de brume montent de la rivière. Hélène raconte les travaux, commente les tableaux africains, une autre toile aussi que l'on doit à un prisonnier allemand et qui montre la procession d'un cortège nuptial au pied du calvaire de Plougastel. Elle est comme chez elle, splendide dans sa veste Kenzo, c'est un beau soir de solstice, d'amitié rieuse, de refondation de Kerrod au terme de tous nos efforts du printemps.

Elle est venue me chercher à Kerrod ce mercredi 2 août 2006, un peu plus d'un an après la fête du solstice. Elle veut ce soir-là que nous dînions dans sa grange de Porsisquin. Elle m'a simplement dit début juillet au téléphone que l'installation de ses parents dans leur résidence d'été l'avait fatiguée, que son bras, du côté du sein mutilé, avait enflé. Je la connais, généreuse, ne comptant pas ses efforts, ces travaux intervenaient à la fin d'une année lourde où elle n'a pas manqué une heure de cours, cette fatigue doit pouvoir s'expliquer ainsi. Je me revois encore marchant dans un couloir du lycée Henri-IV pendant l'agrégation, les yeux rivés sur le dôme du Panthéon, comme elle m'appelait de Logonna pour me donner de ses nouvelles.

Tous ces derniers mois, nous nous sommes vus de manière régulière et je l'ai seulement sentie préoccupée par la dégradation de l'état de santé de son père. En juin, alors que Xavier était en Suède, j'ai passé quelques jours avec elle à Brest et au Faou, nous avons déjeuné au Conquet, dans le vent de mer, face à l'île d'Ouessant où, ces dernières années, elle s'est souvent rendue en famille pour des week-ends et de courtes vacances. Il faisait frais ce jour-là au Conquet et nous aurions voulu déjeuner dans le belvédère vitré de l'hôtel Sainte-Barbe qui regarde les îles et le large. Nous étions pressés, Hélène devant visiter avec sa mère des appartements en début d'après-midi et nous nous sommes contentés de la petite crêperie du port.

Je la retrouve donc ce soir d'août et elle m'emmène par la route qui longe les indentations de la rade, entre grèves et taillis. C'est ce Finistère bifide entre bois et eaux que nous aimons tant, les falaises ocre ravinées, la perspective, de l'autre côté de la rivière marine, de l'abbaye de Landévennec, les îlots avec leurs poudrières, leurs ermitages ruinés, les chemins d'algues et de pavés luisants qui descendent dans la mer. Il y a ainsi au long de cette route magique deux ou trois endroits que nous apprécions plus que tout, dans l'intimité du bocage, sous un couvert serré, tout près d'estuaires que la marée du soir transforme en lacs que l'on voit scintiller entre les arbres. Et nous avons une prédilection aussi pour la petite église de L'Hôpital-Camfrout bâtie comme celle du Faou sur une terrasse au-dessus de la rivière, et l'ouverture du chenal de Daoulas pour peu qu'il soit envahi d'eaux hautes et remuantes qui miroitent. Une seule chose désole Hélène : la prolifération des pavillons contemporains disposés partout comme de petits cubes sans charme et qu'elle a baptisés des « coquilles d'œufs » à cause du jaune uniforme de leur revêtement. « Il y a bien trop de coquilles d'œufs… », s'agace-t-elle souvent en conduisant et force est de reconnaître que ces pavillons d'une pauvreté architecturale confondante sortent de terre comme des champignons après la pluie.

Marie, qui est assise à l'arrière, a hâte d'arriver. Elle voudrait pouvoir jouer avec sa lubie de l'été, un ballon dit sauteur qui lui permet de faire des bonds sur la pelouse devant la grange. C'est l'heure de la pleine mer où Hélène aime descendre à la grève pour son rituel bain du soir. Elle ne parle de rien. Elle songe au dîner pour lequel elle a acheté crabes, huîtres et langoustines, le menu favori de nos dîners. D'habitude elle prendrait son maillot, une serviette et elle m'inviterait à l'accompagner jusqu'à la crique. Ce soir elle désire simplement que nous allions marcher sur le chemin côtier parce qu'elle veut apercevoir le bateau de Xavier qui croise entre Landévennec et Logonna. Nous ne sommes pas arrivés sur l'étroit sentier en corniche qu'elle le distingue et le désigne du doigt. Marie s'impatiente, elle est trop petite et le rideau de fougères et d'ajoncs lui ôte la vue. Elle voudrait que sa mère la prenne dans ses bras. Hélène refuse. La petite insiste, elle veut vraiment voir le bateau de son père qui dérive sur la flaque immobile de la rade. La réponse d'Hélène tombe, sans appel :

— Arrête, je t'en prie. Tu sais que j'ai bien trop mal au dos pour pouvoir te porter…

La phrase est entrée en moi comme un venin dévastateur. Dans l'euphorie du dîner — Hélène s'amuse même à imiter Julien Clerc qu'elle a entendu, parmi d'autres, au festival des Vieilles Charrues — je n'y songe plus, mais c'est dans la nuit, à la faveur d'une insomnie, qu'elle revient me hanter en laissant l'ombre d'un pressentiment terrible. Hélène m'a raccompagné au Faou, nous avons repris notre route favorite, longé la rivière en baissant les vitres de la voiture pour humer les odeurs mêlées de goémon et de foin sec. À cet instant, mais y pensais-je encore, je n'ai pas demandé d'autres explications. Il y a ce refus cinglant opposé à Marie et ce bain qu'elle n'a pas pris.

Bien que je ne me plonge jamais dans la mer, je l'ai vue d'innombrables fois se baigner alors que j'étais sur le rivage. Ce n'est donc pas ma présence qui a modifié ses habitudes.

Je ne m'endormirai plus. Tout à l'heure je me lèverai pour voir le jour se lever sur la rivière, les nappes de brume bleutées flotter entre l'église et le pont avant que la lumière ne les déchire. L'angoisse m'a saisi de nouveau. Je suis seul dans cette maison que nous avons décorée ensemble et où tout me renvoie à Hélène. Parce que c'est elle qui m'a pressé d'accélérer les travaux et de transformer ce que je considérais comme une opération sentimentale coûteuse en une refondation. Parce qu'elle voulait que je sois non loin d'elle, de sa grange et de sa grève, près de l'Aulne, de Landévennec, de la forêt du Cranou, des églises du Faou et de Rumengol qui m'ont tant inspiré. L'irréparable se dessine et l'angoisse me submerge alors. Je suis redevenu l'enfant qui se terrait au fond du lit dans cette même chambre, affolé par les craquements du parquet et des boiseries. Les mots de rechute et de récidive viennent à ma conscience et je fais tout pour les combattre. Je ne peux pas admettre que la guérison ne soit qu'un leurre, que le mal ait continué à se répandre. Rien ces derniers temps sinon cette phrase du bord de mer — ce venin noir parmi les fougères et les ajoncs — et l'aveu de la fatigue ne pouvait laisser présager une rechute. Rien.

Je revois Hélène ici même et dans le vent du Conquet en juin, heureuse d'avoir pu mener son année jusqu'à son terme, heureuse d'avoir renoué avec ce qu'elle place le plus haut, la littérature et la transmission. Ce n'était pas toujours facile, mais elle a tenu, portée par la jubilation de travailler les textes de Sénèque et de Tchekhov, le plaisir d'avoir devant elle des élèves et des étudiants, de retrouver les vertiges de l'analyse littéraire, de l'excitation intellectuelle, après le noir de l'année précédente.

Je la revois aussi quelques semaines plus tôt à Paris où elle est venue pour le concours général. La réunion du jury terminée, elle a voulu traverser la Seine. Elle avait un dossier à déposer dans une antenne du Quai d'Orsay : Xavier et elle ont pris la résolution d'adopter un enfant, sans doute un petit Colombien, pour tenter d'effacer le drame de l'enfant perdu et donner à Marie un frère ou une sœur. Comme nous marchons sur ses quais préférés, Hélène me parle de ce projet, de son intention d'apprendre l'espagnol en vue d'un voyage en Amérique du Sud indispensable avant l'adoption. C'est un beau jour de mai, la veille de l'Ascension. Avec Corinne et quelques amis, je suis invité par le père Luc Forestier à dîner au presbytère Saint-Eustache. J'ai proposé à Hélène qui devait rentrer le soir même à Brest de se joindre à nous et elle n'a pas hésité un instant. Je sais à quel point elle aime se couler dans le circuit de ses déambulations anciennes, je sais déjà que nous nous arrêterons à Saint-Eustache pour la messe anticipée de l'Ascension avant d'aller nous rafraîchir sous les miroirs de Dhebia. Et nous nous retrouvons au premier rang de la grande nef à écouter une réflexion brillante du père Forestier sur le sens du mystère, puis nous allons jusqu'à l'arche aux miroirs et aux roses, l'antre de la fée rousse et de ses philtres belges. Nous reviendrons plus tard dans l'église vide, nous entamerons la montée des marches cachées dans la muraille du transept nord, nous marcherons dans la forêt des poutres au-dessus des voûtes avant d'arriver sur les toits, au cœur et au-dessus de Paris. C'est sans doute une des plus belles vues qui soient avec le damier des quartiers, les amers des clochers et des dômes, les enclaves des jardins, les éminences de Montmartre et du mont Valérien, le panorama vertigineux, ouvert à trois cent soixante degrés. Un grain s'annonce, le ciel se charge à l'ouest, nous voyons la pluie arriver en lignes noires et drues vers notre édicule. Le père Forestier m'avait promis ce moment sur le lanternon à la croisée du transept et je voulais que celle qui a tant aimé Paris puisse être avec mes amis oratoriens de cette ascension eustachienne. Notre joie est très grande, la mienne doublée par le fait d'avoir pu offrir à Hélène ce moment d'exception, au-dessus de sa ville et tout en haut de celle qu'elle appelait souvent « notre belle Saint-Eustache ».

Incapable de retrouver le sommeil, je repasse le film d'une année de guérison, entre le solstice de Kerrod et l'ascension des toits de Saint-Eustache. Le jour se lève. J'écris un peu. Les nappes bleutées restent longtemps au-dessus de l'échancrure marine. À huit heures, n'y tenant plus, au terme d'une nuit de solitude et d'angoisse, j'appelle ma mère et lui dis ma crainte qu'Hélène ne soit de nouveau malade.

Hélène doit venir déjeuner avec sa famille à Kerrod le dimanche 20 août. Elle s'est absentée une semaine, le temps d'un bref voyage sur la Côte d'Azur. Corinne passe quelques jours de vacances au Faou et il y a là aussi François, un jeune homme attachant et brillant qui se prépare à devenir prêtre. J'ai souhaité ce dernier déjeuner d'été avant mon retour à Paris. Nous sortons, Corinne, François et moi, le samedi matin, de l'abbaye de Daoulas où nous venons de voir sans passion une exposition de masques d'Extrême-Orient lorsque Hélène m'appelle :

— Je voulais te dire que nous ne viendrons pas demain...

Je reste interdit. Elle reprend après un silence :

— Je suis à l'hôpital. J'ai des métastases osseuses. Trois vertèbres sont touchées...

C'est plus qu'un séisme. Je demeure quelques secondes hébété avant de pouvoir annoncer à mes amis ce qui vient de m'être dit. C'était ce que je redoutais depuis la promenade du bord de mer et la révélation des maux de dos. Hélène avait eu beau me rassurer en me disant ensuite qu'il s'agissait simplement des suites d'une chute dans l'escalier de la grange, ma peur ne s'était pas estompée et je l'avais trouvée raide et soucieuse lorsqu'elle était passée à Kerrod l'après-midi du 12 août, le jour de mon anniversaire.

J'apprendrai plus tard que les premiers symptômes sont apparus au début de juillet, qu'Hélène a serré les dents, préférant se cacher pour souffrir plutôt que de s'en remettre sans attendre à la médecine. Sans doute a-t-elle voulu croire à la fatigue de la fin d'année, à la mauvaise literie ou aux suites de la chute dans l'escalier de Porsisquin au lieu de s'avouer cette réalité épouvantable : le cancer n'a jamais disparu, il a continué sa progression, il s'est logé dans la colonne vertébrale.

Malgré la présence de mes amis, je suis perdu, agressé par la lumière de midi qui inonde le salon de Kerrod. Je marche comme un automate. C'est un morceau de moi qu'on arrache, je vois avec une lucidité effroyable le chemin de souffrance qui attend Hélène, je sais que d'autres organes peuvent être atteints très vite, je voudrais partir pour Brest, la voir, être auprès d'elle. Ma douleur est plus vive que ma révolte. J'ai l'impression d'une succession implacable d'événements depuis le fatal mardi de juin 2004, une vie reconquise pied à pied, des espérances qui se lèvent, une ardeur à vivre forgée dans l'épreuve et au bout du compte une guerre perdue dès l'origine. Je suis passé du côté des pièces qui donnent au nord, je ne supporte plus le soleil, j'arpente le jardin à l'ombre des cyprès et des ifs et j'entends à l'infini la voix d'Hélène, cette voix inhabituellement éteinte qui a prononcé, alors que j'étais si près de ses terres de Logonna, ce mot irréel, clinique, sorti d'un grimoire de carabin et ce chiffre atroce auxquels je ne veux pas croire.

Elle ne peut pas mourir. C'est ce que je me répète quelques heures plus tard tandis que je marche groggy dans le petit village de Landévennec. François a souhaité entendre les vêpres et moi qui, depuis l'enfance, éprouve une telle passion pour l'endroit et pour les voix des moines de l'Aulne j'ai assisté à l'office de manière machinale, insensible, comme un étranger, au plus noir de la déréliction, incapable de dire les répons, incapable d'entrer dans le flux d'une méditation, d'une prière construite, me débattant sans fin dans des haillons de mots, une parole déchirée, dépourvue de syntaxe et de sens. Je suis à ce point blessé que la ferveur de mon voisin, ce jeune homme qui va donner sa vie à Dieu, m'agace. Depuis le matin je suis face à un trou noir, quelque chose qui tient de la crevasse et de la tombe sans fond.

Au sortir de l'abbatiale, ce sont les mêmes pas de marcheur ivre et exténué, grelottant malgré l'été, qui me portent vers le village, vers l'église et le cimetière marin dont les stèles et les croix se lèvent devant les vagues tumultueuses à l'heure de la marée montante. C'est la rade d'Hélène, je crois reconnaître le clocher de Logonna là-bas en face, ses grèves, ses criques, ses chemins en surplomb parmi les fougères et les ajoncs.

Tout à l'heure la nuit va tomber sur l'Aulne et je sais que pour moi elle sera courte, dévorée de cauchemars, peuplée par la hantise de ce trou noir qui depuis le matin ne me quitte pas. Je la regarderai arriver, épaisse, froide, charbonneuse, depuis la terrasse de cette ancienne maison de passeur où nous nous sommes arrêtés pour dîner ; elle n'a jamais eu une telle profondeur d'abandon.

Dès le lundi, Corinne et François partis, je me précipite à Brest. C'est Xavier qui vient me chercher sur la place de la gare. Hélène est rentrée de l'hôpital depuis la veille. Je le sens solide, granitique, prêt à affronter l'épreuve. Il me dit seulement qu'Hélène a horriblement souffert ces derniers temps, trois vertèbres sont touchées et on craint maintenant la présence d'un nodule sous un bras.

Hélène vient nous ouvrir, la petite joue et court dans l'appartement comme si de rien n'était. En quelques jours la métamorphose est radicale : Hélène porte désormais le masque de la douleur, surtout elle ne peut plus dissimuler sa souffrance. Elle s'est assise sur le bord du canapé, elle glisse sans cesse sa main dans le creux du dos. Je comprends très vite qu'elle connaissait déjà début août la nature de ses maux et qu'elle est partie à Marseille en sachant qu'elle devrait être hospitalisée à son retour.

— Je ne pouvais pas l'admettre..., dit-elle comme pour s'excuser de ne pas m'en avoir parlé plus tôt. C'est en juin que je me suis sentie terriblement fatiguée, quand je suis rentrée du concours général et des toits de Saint-Eustache. Emmanuelle voulait que je consulte. J'ai tardé. J'ai résisté parce que je ne pouvais pas supporter d'être de nouveau malade. À Logonna j'ai souffert atrocement. Je ne pouvais plus penser. Je voulais relire Proust pour mon cours, mais je n'en avais plus la force…

Xavier apporte le café et Hélène s'amuse qu'on la serve.

— Ce sera ainsi désormais, dit-elle en souriant. Je dois être opérée dans une semaine. Il faut consolider ma colonne vertébrale. Une de mes vertèbres est pratiquement rongée.

Puis elle passe à tout autre chose. Elle demande des nouvelles de Corinne et de François et regrette de ne pas avoir pu les voir. Elle parle encore de Marseille, des quartiers en rénovation du Vieux-Port, de l'endroit où est mort Rimbaud, des calanques. Je devine surtout que ce voyage dans la chaleur et la souffrance a été une redoutable aventure et qu'elle est entrée à l'hôpital pour la suite des examens exténuée.

Elle s'est levée. Elle marche à pas mesurés, la main posée sur les reins, elle disparaît dans la cuisine et revient avec quelque chose à la bouche.

— Il faudra s'y habituer. Ce sont des sucettes de morphine. Je souffre trop. Il me faut ces douceurs…

Elle reste un moment silencieuse, les lèvres serrées sur la tige de plastique blanc. Ces « douceurs » l'accompagneront jusqu'à la fin. Je la regarde, absente, dévorée par la douleur qui remonte. Elle sourit de nouveau. Elle met beaucoup d'espoirs dans la pose de la prothèse qui calmera ses douleurs et surtout lui permettra de continuer à marcher.

— J'ai dû prévenir le lycée, leur dire que je serai absente, sans doute pour l'année. Moi qui me faisais une joie de travailler Proust !

Elle sourit encore, mais il y a dans ce sourire une gravité extrême. À la limite, Proust, les affres de Swann l'auraient divertie dans la guerre qu'elle a à conduire, Cervantès aussi, mais la littérature ne peut être qu'un baume pour les bien-portants.

— Je n'enseignerai donc jamais Proust…

La phrase est tombée, glaçante. Hélène s'est levée, comme inquiète ou impatiente soudain.

— Si tu es libre ce soir, nous pourrions te reconduire au Faou et dîner à La Vieille Renommée. J'y suis allée l'autre soir avec Emmanuelle, c'était très bien.

Elle regarde ses livres, dont beaucoup de titres de la collection Blanche recouverts de papier cristal, entassés sur des étagères à côté du bow-window.

— Ça ne peut plus durer, s'irrite-t-elle, il faut que je relance le menuisier. Il devait venir avant l'été. Xavier ne s'occupe de rien. J'ai vraiment envie d'avoir ma bibliothèque… Ça ne peut plus durer !

Depuis près de vingt ans que la connais, je ne l'ai jamais vue aussi nerveuse. Je ne suis pas certain que le dîner au Faou soit une bonne idée, mais elle y tient. Elle sait que la fin août coïncidera avec mon départ et l'hospitalisation. Elle veut revoir le jardin, la maison, les cartes postales anciennes que j'ai ajoutées sur le mur de la cuisine. L'opération à venir est d'une gravité extrême, la moindre maladresse et la moelle épinière peut être touchée. Sans doute est-ce ce à quoi elle songe, elle veut revenir à Kerrod, dans ces lieux où au moment de la convalescence nous avons été si heureux. Je l'entends décrire à Marie les scènes des tableaux africains et du buffet breton, le cortège nuptial de Plougastel. Elle s'est assise sur le bord du canapé jaune comme elle se tenait chez elle, roide, sombre soudain, happée par le retour de la douleur.

Très vite, au restaurant, la situation devient insoutenable. Nous continuons à parler, volontairement indifférents à la souffrance d'Hélène qui ne veut surtout pas qu'on la considère comme une malade. Elle touche à peine aux plats qu'elle se réjouissait de retrouver, rien ne passe, elle gigote sur sa chaise en plaquant le revers de sa main sur les reins. Je ferais tout pour abréger ce dîner, d'autant que la petite, qui commence à trouver le temps long, ne cesse de se blottir contre son père. Jamais elle ne viendra du côté d'Hélène comme si elle avait intériorisé l'interdiction de se jeter violemment dans les bras de sa mère tout simplement parce que cela lui fait mal. Hélène se raidit, les yeux rougis. Elle regarde sa petite s'éloigner, se pelotonner contre Xavier, et cet accord fusionnel ne fait qu'aviver sa douleur. Au bord des larmes, Hélène les fixe avec effroi et ces secondes de silence sont comme des heures.

Bien que le moindre mouvement lui soit une torture, elle a tenu à sortir de la voiture pour m'embrasser. Je les salue tous de la main. Je ne veux pas voir la voiture disparaître. Seul dans le jardin de Kerrod, sans amis, sans personne, anéanti par la tragédie que je viens de vivre, je peux enfin hurler ma rage et ma douleur, comme un fou, une bête blessée, seul sous les étoiles avec les ombres et les palmiers de mon enfance.

Avant de quitter Le Faou, je suis monté à pied jusqu'à l'église de Rumengol pour confier la petite Marie à la protection de sa sainte patronne, la Madone des lisières et du ciel.

Très peu de temps après, j'ai Hélène au téléphone. L'opération s'est bien passée, mais elle souffre beaucoup encore et elle se plaint de l'absence de délicatesse des aides-soignants qui la brutalisent en la manipulant. Plusieurs fois, je l'ai ainsi, abattue, en pleurs. « Je ne suis vraiment pas épargnée… Je sais comment tout cela finira, mais je veux être le plus longtemps possible auprès de ma fille… Tu ne peux pas imaginer ce que j'ai enduré, j'avais tellement mal que je n'étais plus capable de penser… », dit-elle dans les instants de grand découragement. On a posé une plaque pour consolider les vertèbres défaillantes et, très vite, fort heureusement, elle a pu marcher. Je ne me défais pas de l'idée qu'une forme de compte à rebours est enclenchée. Dès le premier week-end de septembre, je suis à Brest et nous déjeunons de fruits de mer chez elle rue Branda. Elle mange un peu, il me semble qu'elle souffre moins. Elle attend beaucoup de la cure de chimiothérapie qui va commencer et pour laquelle on a fait venir de Suisse un produit expérimental. Elle pense que cette substance miraculeuse aura le don de prolonger ses jours. Une chose la maintient en vie : voir sa fille grandir. La petite est toujours aussi ravissante, elle se costume en fée, nous donne un petit spectacle avant de me montrer ses cahiers et ses livres. Elle aura quatre ans en novembre. Hélène m'a confié avoir eu besoin de l'aide d'une psychologue pour accepter que l'affection de la petite se reporte à ce point sur son père. L'enfant doit seulement ressentir la peur et le respect qu'inspirent les grands malades. L'obsession de celle qu'elle surnomme sa « toute belle », le souci de la « fleur de la tempête » ne la quittent pas.

C'est de nouveau le temps de la chimiothérapie et cette fois Hélène est heureuse parce qu'elle ne perd pas ses cheveux. Je ne veux rien lui montrer de mon angoisse. Pourtant je sais qu'il y a des moments difficiles. Marielle lui rend visite un jour affreux de nausée où elle rend tout et où elle va pliée de douleur. Elle m'appelle en cachette pour me raconter le calvaire. Le lendemain, Hélène est mieux, elle veut sortir, se baigner à Porsisquin. Elle le paiera cher. Je l'ai très souvent au téléphone, pour peu nous reprendrions le rythme de nos conversations anciennes. Elle croit dur comme fer en cette chimiothérapie, les premiers résultats sont encourageants, c'est ce qu'elle me dit.

Elle est entrée de toutes ses forces dans ce combat, elle s'y donne entièrement, convaincue que le produit venu de Suisse jugulera la progression des métastases. J'ai eu un choc en apercevant dans sa chambre le lit médicalisé qu'il lui faut désormais et en découvrant sur le tableau de bord de sa voiture un petit écriteau avec le pictogramme des handicapés. J'adapte mes visites à son état, je l'appelle juste avant de venir, je lui laisse le temps de se reposer et de s'apprêter.

C'est lorsque je la quitte que toute la dureté de Brest me frappe au visage. Jamais comme en ces instants je n'ai été blessé par le caractère ingrat et inhospitalier de la ville, le béton sépulcral, les mouettes qui crient, le gris des artères pour peu que le soleil s'absente, je vais tel un errant sans cap et sans espérance. Le spectacle de l'Élorn en eaux me rassérène si je rentre à Morlaix. Celui des collines du Faou et de la crête noire du Menez Hom tout autant lorsque je lève les persiennes de l'ermitage de Kerrod.

Le dernier jeudi d'octobre, je lui rends visite en tout début d'après-midi, sa mère est là qui s'active dans la cuisine, Hélène ne peut plus assurer aucune des tâches ménagères. Elle a toutes les peines du monde à porter un plateau. L'opération lui a donné une rigidité dont elle ne se départ pas, la douleur semble toujours très présente, Hélène a constamment à portée de main un bâtonnet de morphine qu'elle manipule comme s'il s'agissait d'une douceur. Elle me montre sa médaille de baptême qu'elle vient de retrouver et qu'elle a désormais au cou, comme pour se protéger.

La lumière est légère, dorée, vénitienne, c'est celle qui flotte sur le bagne granitique de Genet, et Hélène veut marcher, elle veut aller sur le cours d'Ajot pour surplomber le port et les bassins militaires. Sa mère nous accompagne et veille sur la petite qui a tenu à inaugurer son joli vélo rose quelques jours avant son anniversaire.

Hélène est élégante dans son magnifique manteau rouge. Elle devait craindre le vent, mais il fait étonnamment doux. Nous parlons de l'Élysée que je viens de visiter la veille, d'un tableau de Lévy-Dhurmer qui est au musée de Brest, *Ma mère, un soir, a vu la ville d'Ys*, de la petite fête que j'ai donnée chez Dhebia pour mes dix ans à Paris. Elle me demande qui était là. Je n'ose pas lui dire que, le matin même de cette journée de fête, j'ai commencé par repérer tous les lieux de notre géographie parisienne en partant de la porte de son immeuble de la cité Bergère et que le soir, dans les quelques mots que j'ai prononcés, elle figurait évidemment à la première place.

Est-ce l'effet de la lumière de Brest, de sa scintillation sur les micas du granit des façades austères qui longent le cours d'Ajot, de cet environnement de dépôts, de darses aux eaux huileuses, de jetées, Hélène semble soudain ragaillardie, vivante comme je ne l'ai pas vue depuis l'été. Il m'a semblé qu'elle était descendue d'un pas ferme jusqu'à l'esplanade des murailles et je la verrai remonter chez elle avec la même vitalité. Pour l'heure, elle rit en regardant sa jeune cycliste de fille s'en donner à cœur joie sur la piste sableuse.

Dans la lumière dorée qui fait chanter le granit de Brest et le feu des sorbiers, je voudrais croire à sa guérison. Je vais marcher seul le temps de la laisser se reposer et de trouver un livre pour la petite. À mon retour elle me dit qu'elle veut boire avec moi du champagne, ne fût-ce que pour y tremper les lèvres, comme un philtre pour fêter la lumière d'octobre, les pas de l'après-midi, ma venue et l'éternité de ce qui nous lie.

Ce dîner de réveillon que j'ai organisé pour elle à Kerrod sonne déjà comme un repas d'adieux. Marielle, Corinne, Loïc sont là. Ce sont sa maigreur et la cassure de son dos qui me saisissent dès qu'elle quitte son manteau, comme si la pièce qui a été posée à l'automne pour consolider les vertèbres affleurait. Nous regardons ensemble dans ma chambre — elle est là près de moi, couchée sur le lit — les derniers vœux de Jacques Chirac à la télévision, je tremble à la seule idée de me projeter en 2007, nous commentons l'intervention présidentielle qui, à notre grande surprise, nous a semblé, par sa teneur et par son ton, porteuse des promesses d'une nouvelle candidature. Au moment de passer à table, j'installe Hélène sur un petit bridge garni d'un coussin parce que je sais bien que la position assise lui est une torture. Coiffée d'un foulard, elle est belle dans sa robe à reflets argentés devenue en quelques semaines trop grande pour elle. Pour ce dîner, pour achever ce que nous avons entrepris ensemble, j'ai fait poser dans la salle à manger des rideaux rouges : c'est devant cette fenêtre, à la lumière d'un flambeau, qu'elle sourit, grave, élégante sur des photos que j'ai laissées enfouies dans la mémoire de mon appareil parce je n'ai pas eu la force de les donner à développer.

Tout à l'heure elle dira avec éclat merde à l'année qui s'en va et lèvera son verre, apparemment confiante, à celle qui commence. Elle esquissera même un pas de danse avec Loïc. Fidèle à sa légende et à son surnom, cette nuit plus que jamais, elle veut être la grande, rien de sa douleur ni de son angoisse ne doit transparaître, elle se repose un moment sur le canapé jaune puis revient à table, le dernier disque de Françoise Hardy que nous écoutons — et que je n'ai pas pu réentendre depuis — me rappelle les fêtes de la cité Bergère. Le disque l'amuse, les imitations de Xavier aussi, mais je la sens à la limite de ses forces, contente d'être là et entourée, incisive et drôle, pleine d'esprit comme au temps des dîners dans l'appartement sous les toits. Rentrée à Logonna, je l'apprendrai le lendemain, elle s'effondrera littéralement, épuisée sans doute et terrifiée de se retrouver dans la grange où, l'été dernier, elle a tant souffert.

Elle a dit le lendemain du réveillon que, son dernier beau moment de vie et d'exaltation, elle l'avait connu au printemps sur les toits de Saint-Eustache, mais qu'elle était revenue de cette ascension lourde d'une fatigue immense, juste avant la nouvelle flambée du cancer. Ce réveillon était, je l'espère, un beau moment aussi. Les résultats médicaux qu'elle me communique en ce début janvier comme nous marchons sur les quais du port de Brest sont bons, tout laisserait à penser que le produit venu de Suisse contient la progression des métastases. Mais les soucis viennent de la cicatrisation du dos et de la prothèse qui se serait infectée.

Je me suis précipité à Brest dès que j'ai appris qu'une nouvelle opération serait peut-être nécessaire. Pour l'heure Hélène ne veut pas y croire. Elle est venue m'attendre au bout du quai ce samedi de février, amaigrie encore, fragile, mais elle a tenu à être là comme toujours, tout au bout de la voie ferrée qui longe l'Élorn et la mer, terminus Brest ville des hautes épreuves. Et les détails qu'elle me livre tandis que nous remontons vers la rue Branda sont affreux, la plaie est à vif, il n'y a pratiquement plus de chair et de peau, du pus a même jailli de la cicatrice alors qu'Hélène demandait à sa mère d'ôter le pansement. Une hospitalisation paraît difficilement évitable. Hélène redoute un nouveau séjour, les risques de l'anesthésie et de l'opération surtout, la pose d'une autre pièce, les mains rudes du personnel infirmier qu'elle craint plus que tout. C'est dans ce service de traumatologie qu'elle a vécu le martyre à la fin de l'été.

Je la sens épuisée et terriblement inquiète. Elle se raccroche à l'hypothèse illusoire d'une résorption de la plaie sans intervention chirurgicale. Nous pourrions rester tranquillement chez elle, mais elle veut sortir. Le temps menace, peu importe. Elle serait prête à aller jusqu'au Faou. Je réussis à l'en dissuader et nous nous contentons de l'ancien pont de Plougastel, au-dessus de l'estuaire de l'Élorn, elle veut marcher dans le vent froid qui souffle du large comme pour éprouver sa résistance, pour renaître dans le vent salubre de la rade, purger à l'air vif de l'hiver et de l'Atlantique tout ce qu'il y a de malin en elle ; finalement les rafales auront raison de notre progression et il nous faudra renoncer. Une sorte de griserie nous habite, nous rentrons dans la voiture, sonnés, étrillés, sentant le sel et le vent iodé, mais j'ai retrouvé ma grande marcheuse des confins et du large.

Ces pas au-dessus de l'Élorn, je les évoque avec une émotion insondable parce que ce sont nos derniers, dans la liberté de l'air et de l'infini, au-dessus des vagues qui arrivent de Camaret et du Conquet, face à la puissance corrosive du vent — dans une communion rugueuse avec le monde élémentaire qui nous troublait tant.

Communion est le mot que je retiendrai encore pour caractériser nos derniers instants partagés, à l'air libre, loin de l'enfermement des chambres blafardes. Nous nous sommes arrêtés au pied du calvaire de Plougastel, de son buisson géant de figures et de scènes. Tout ce qui nous a faits est là, sculpté dans le granit, l'Annonciation, la Nativité, l'Adoration des bergers et des Mages, le Baptême dans le Jourdain, l'entrée royale à Jérusalem, le Cénacle, Gethsémani et le Golgotha, la descente aux limbes, massif, puissant, un catéchisme fruste, primordial, bosselé, raviné. Et sous la pluie qui se met à tomber, les coiffures, les visages, les bêtes, les potences prennent un relief saisissant. C'est le mystère de notre identité bretonne que nous sommes venus contempler là, porté par la pierre ocre de nos chapelles, comme ce jour radieux où nous avions stationné devant les reliquaires de Saint-Pol-de-Léon, le secret de notre vocation de pérégrins et de passeurs, au seuil de l'enfer et de la séparation qui se profile.

La mort guette désormais et sa pensée ne m'abandonnera plus. En janvier, un de mes jeunes amis, prêtre à Rennes, m'a annoncé qu'il était lui aussi atteint d'un cancer. Hélène et lui seront sans cesse au cœur de ma supplication. Une mélancolie terrible s'est abattue sur moi depuis mon retour de Bretagne, je suis comme un automate, sans élan ni désir, les obligations de la vie réelle me pèsent ; les menées, les ambitions mesquines de ceux que je côtoie ne retiennent plus mon attention, rien ne compte si ce n'est la volonté d'être avec Hélène jusqu'à la fin. Oui, tout me pèse et je suis entré dans une grave asthénie. Il m'arrive de m'arrêter sur un trottoir, à la sortie de mon bureau, à un carrefour, perdu, les larmes aux yeux, incapable de choisir la route que je dois prendre. Je continuerai à simuler, à ne rien montrer. L'angoisse de la mort, l'évocation des souffrances sont insupportables à certains. La mélancolie, la tristesse, le prélude au deuil ne peuvent s'exprimer que dans la solitude et le retrait. Je vois quelques amis chers, je parle à ceux qui ont connu la séparation, Sylvie, Guillaume. Pour le reste, je me claquemure, je me terre.

Je téléphone à Hélène tous les jours. Le 21 février, elle est entrée à l'hôpital, je la retrouve quelques jours après l'opération, la pompe à morphine à portée de main, elle s'est remise à lire Chateaubriand, l'enfance bretonne à Saint-Malo et à Combourg, elle semble sereine, elle me demande de lui parler de l'École navale où je suis allé inspecter — elle a souvent ces dernières années navigué au large de Lanvéoc-Poulmic —, des psaumes de Patrice de La Tour du Pin sur lesquels je médite alors pour Saint-Eustache, elle s'enquiert des travaux, sur le point de reprendre, à Kerrod. Il fait beau en ce premier jour de mars et Hélène aimerait sortir : pour lui donner un avant-goût du printemps qu'elle aime tant, des primevères sont posées sur la tablette au-dessous de la fenêtre. Sa mère, admirable, passe de longues heures avec elle, Xavier vient au moins deux fois par jour. Elle espère pouvoir rentrer vite chez elle pour retrouver la petite. Elle souffre toujours — elle affirme que ce sont les suites de la récente intervention — et me demande de lui prendre dans le tiroir de la table de nuit un bâtonnet de morphine.

Au début de la semaine suivante, la croyant à son domicile, je l'appelle un soir rue Branda. Pas de réponse. Je la rappelle aussitôt sur son mobile : elle a le temps de me dire qu'elle est de nouveau hospitalisée pour une complication intestinale. Je suis affolé. Je ne l'entendrai plus pendant plusieurs jours et, lorsque je parviens enfin à la joindre, elle souffre tant qu'elle ne peut que murmurer d'une voix cavernale quelques mots inaudibles. J'envoie à plusieurs amis des messages désespérés. Je rappelle Xavier qui me rassure. Des raisons professionnelles m'obligent à partir pour Marseille et j'aimerais entendre Hélène. Les quelques heures que je passerai là-bas sans nouvelles me sont vite insupportables. Étrangement, c'est sur mon répondeur parisien qu'Hélène a laissé un message que je découvrirai dans la nuit : « Ne t'inquiète surtout pas. Tout va mieux. Le printemps arrive et moi je reviens… »

« Le printemps arrive et moi je reviens… » Je me redis cette phrase stupéfiante. Et je crois à la promesse de la reverdie et du retour. Hélène m'attend. On doit encore lui poser dans le torse une chambre implantable qui facilitera les perfusions. Elle vit reliée à sa pompe à morphine désormais et je la trouve encore décharnée et vieillie lorsque je lui rends visite le samedi 17 mars. Je lui ai apporté *Le déjeuner des bords de Loire* en Folio bien que je sache qu'elle n'a plus le désir de lire. Elle m'a même confié en riant que regarder *Télé-Matin* et le journal d'Olivier Galzi qu'elle avait suivi au début de son séjour est au-dessus de ses forces. Il y a près d'elle sur la tablette un petit jardin printanier avec des jonquilles et des tulipes. Tout le temps que je serai là, Hélène ne cessera de solliciter la pompe à morphine qui sonne à chaque demande parce que les doses qu'elle pouvait dispenser ont déjà été délivrées. Le printemps cruel brille derrière la fenêtre. Hélène est assise sur le bord de son lit, elle est découragée parce que la cicatrisation ne se fait pas, que la pièce qui a été posée affleure et qu'il faut encore envisager une opération, une greffe de la peau. Elle ne s'alimente plus que par perfusion. La peau a-t-elle été irradiée par les rayons comme elle semble le penser ou l'absence de cicatrisation est-elle due au grand affaiblissement qui est le sien ?

Elle a posé le livre que je lui ai apporté tout près d'elle. Il côtoie des dessins colorés de Marie. C'est à Hélène, en tout premier lieu, que j'avais raconté, dans l'appartement sous les toits, la visite à Julien Gracq évoquée dans ce récit, en lui rapportant un exemplaire signé de *La littérature à l'estomac* acheté sur les quais. La dédicace cérémonieuse de Gracq (« À Mademoiselle Hélène G. ») l'avait touchée et amusée. Elle a encore un peu d'ironie pour se moquer d'une de ses relations qu'elle ne voyait plus et qui, la croyant peut-être à l'article de la mort — c'est son mot —, s'est rendue à son chevet. Elle couve d'un regard vide et triste le petit jardin de printemps. Elle aura tout à l'heure le même regard pour l'infirmière qui démêle et rebranche les tuyaux de la pompe à morphine qu'elle est venue recharger.

Elle demande des nouvelles des uns et des autres, dit de manière machinale qu'elle sera heureuse de voir l'achèvement des travaux de peinture en cours à Kerrod. Sa sœur Emmanuelle, qui est arrivée, lui explique avec beaucoup de douceur qu'on va changer le matelas et lui donner une ceinture semblable à une bouée pour qu'elle puisse s'allonger sans souffrir. La présence de sa sœur la rassérène. C'est une lumière dans sa captivité truffée de déceptions et d'impénétrables énigmes.

Je vais les laisser. J'embrasse Hélène immensément triste, clouée au bord de son lit et à sa potence de survie. Je ne me retourne pas au moment du départ même si je crains que cette rencontre ne soit la dernière. Je monte dans un taxi, exténué. Je n'ai qu'une idée : fuir le béton sépulcral, la ville hideuse. Arrivé à la gare, je n'ai même pas la force d'aller boire un café. Il reste un peu de jour sur les eaux grises de l'Élorn.

Je suis retenu à Paris le dimanche 25 mars, sinon j'aurais pris le train pour Brest. Hélène est sortie de l'hôpital et elle savoure quelques instants de liberté chez elle avant la nouvelle opération prévue le jeudi 29 mars. Je l'ai plusieurs fois au téléphone ; libérée de sa perfusion qu'une infirmière vient lui poser le soir, elle peut sortir, revoir la mer, aller acheter des livres à la librairie Dialogues. Après plus d'un mois d'enfermement, elle retrouve son cadre de vie, la compagnie de sa fille surtout, essentielle pour elle, ses livres, ses photos, ses papiers. Elle laisse exploser sa joie au téléphone. Elle me parle le soir de son lit, ravie de ces heures de liberté, de ces longs moments où elle est seule avec Marie, dans cet appartement qui devait être le creuset de leur bonheur. Et je sens sourdre la tristesse dès qu'elle évoque le retour à l'hôpital de la Cavale-Blanche, au bout de ces longs couloirs sans âme que Sophie Busson a décorés d'une frise florale. Hélène pressent ce qui l'attend.

Au téléphone, le mercredi soir, elle s'efforce d'être confiante. J'allais l'appeler, elle m'a devancé. Je fais en sorte de ne manifester aucune inquiétude. L'arrivée d'un médecin dans la chambre interrompt notre conversation. Le silence soudain me met au bord du vertige. Quelques minutes plus tard, Hélène m'appelle de nouveau. Les journées passées chez elle ont été bien trop courtes. À sa voix, je devine qu'elle craint la captivité, l'univers clos de la chambre, le printemps de l'autre côté de la fenêtre, inaccessible, interdit. L'opération est programmée pour le lendemain matin. Je promets de l'appeler le surlendemain, les effets de l'anesthésie passés.

Impossible de lui parler le vendredi, et tous les jours qui suivront. Xavier m'annonce qu'à son réveil elle a été prise de telles convulsions épileptiques que les médecins ont préféré la rendormir. On se demande même si le cancer n'a pas gagné le cerveau et on attend les résultats d'un scanner. L'idée de savoir Hélène plongée dans le coma — même si le mot n'a pas été dit — me terrifie. Elle était si vivante, si heureuse il y a quelques jours. Comme une dernière flambée de lumière. Elle doit être dans un tel état d'affaiblissement — je connais ce mot terrible : la cachexie — que son organisme n'aura pas supporté une nouvelle anesthésie générale, la troisième en quelques mois, et le choc opératoire. Et peut-être la propagation du mal.

C'est l'entrée dans la Semaine sainte, la semaine peineuse des anciens. J'ai toujours aimé ce qualificatif dont je n'ai jamais vérifié, comme en ces jours, la pertinence. C'est que je n'ai jamais abordé ce temps essentiel pour un chrétien dans un tel état de confusion et d'angoisse. Ma tension est telle que je guette la moindre vibration de mon téléphone mobile. Le dimanche 1er avril, jour des Rameaux, Hélène est sortie du coma. Xavier me dit qu'elle a parlé. C'est un soulagement extrême. Je craignais que le coma n'eût laissé des lésions irrémissibles. Sa faiblesse est si grande qu'elle ne peut prendre personne au téléphone. Ce silence, où j'entends déjà autre chose, colore ces journées d'une tristesse d'épouvante. Le vendredi, dans le grand vaisseau enténébré de Saint-Eustache — les lampes pareilles à des chauves-souris ont disparu sous des capuchons noirs —, je dois être le narrateur de la Passion. L'évocation constante au cours de l'office du corps du serviteur tondu, mutilé, bafoué, m'écrase. Ces lanières, ces coups, cette lance, ces clous, c'est la chair d'Hélène qu'ils transpercent. Au moment de la mort du Christ, je reste plusieurs minutes agenouillé et perdu : un froid de sépulcre monte du pavage de la nef sans lumière et sans vie.

C'est une Bretagne bien sombre qui m'attend. C'est ce que j'écris au père Forestier en le remerciant pour cet office poignant et en lui souhaitant de joyeuses fêtes de Pâques. Hélène n'est toujours pas visible. Je l'ai quelques brèves minutes au téléphone le dimanche soir, sa voix est méconnaissable, c'est celle d'une femme usée, exténuée, endormie et droguée. Impavide, d'une générosité sans limites, telle la Pietà de kersanton du calvaire de Plougastel, sa mère la veille sans cesse. J'attends toujours un signe. Je suis passé à Kerrod, les travaux sont achevés, mais je n'ai pas eu la force de m'y installer. Le Faou est trop proche de Brest et Kerrod bien trop empli de souvenirs avec les rideaux rouges du réveillon dont la vue me poignarde. Le mardi, je rappelle, notre échange sera plus court encore. Hélène est à ce point épuisée que ce qu'elle dit de façon morcelée est difficilement audible. Le téléphone lui tombe de la main. Le surlendemain, c'est sa mère qui me répond. Hélène dort. On doit la transférer d'un instant à l'autre dans un nouveau service. J'ai compris. C'est un déchirement. Je n'appellerai plus.

Le dimanche 22 avril en fin d'après-midi — je profitais du soleil rue Léopold-Bellan en attendant les résultats du premier tour de l'élection présidentielle —, Éric, le vieux compagnon d'adolescence d'Hélène, m'a appelé de l'hôpital. La fin était proche. À l'entendre, Hélène n'avait plus que quelques heures à vivre. J'ai pris le train pour Brest dès le lendemain matin. Je n'avais qu'une peur : qu'on ne m'apprenne sa mort alors que j'étais en route. Peu avant que j'arrive, Xavier m'a téléphoné pour me dire qu'Hélène réclamait un de mes textes sur la création ou la tradition littéraire, il ne savait pas trop. Tout comme elle avait demandé à entendre Mozart et une chanson des Têtes raides. Elle avait annoncé le matin même qu'elle allait mourir. La sœur de Xavier m'attendait à la gare et nous sommes passés rue Branda prendre les disques. Quant au texte, je ne voyais pas de quoi il pouvait s'agir.

La famille était réunie à l'hôpital. La lumière donnait à plein dans la chambre, un ventilateur tournait et Emmanuelle a apporté de la glace pour apaiser la souffrance de sa sœur. Hélène a souri lorsqu'elle m'a vu, un sourire tendre et apaisé, tous sont sortis, je l'ai embrassée et je lui ai pris la main. Elle répétait quelque chose comme « tradition littéraire », je lui ai montré un livre que j'avais pris chez elle, ce n'était manifestement pas cela. Elle montrait aussi avec insistance quelque chose sur la petite table où l'on avait disposé des fleurs. Je ne la comprenais plus. Tout près d'elle, sur l'armature de son lit, étaient accrochés des photos et des dessins de Marie. Une infirmière est entrée pour les soins. J'ai quitté la chambre et arpenté le couloir dans lequel la vie de l'hôpital continuait, puis l'infirmière m'a demandé si j'acceptais de tenir quelques minutes le bâtonnet de morphine, cette ultime douceur que j'avais vue tant de fois dans la bouche d'Hélène. Nous étions seuls de nouveau. Hélène râlait faiblement et elle avait les yeux clos. Elle refusait la tige de morphine. Je lui ai dit quelques mots, j'ai prié puis j'ai tracé sur son immense front le signe de la croix. La marque de l'amour et du grand passage. Quelques instants après Marie est entrée dans la chambre avec son père, un bouquet de fleurs et un dessin à la main. Ces adieux ne regardaient qu'eux. Leur intimité au seuil de la nuit.

Je suis sorti.

Hélène est morte dans la nuit, le mardi 24 avril 2007, à trois heures. Xavier était resté auprès d'elle. Elle avait quarante et un ans.

Elle était belle et majestueuse, couchée sous un drap piqueté de fleurs de camélias, dans sa chambre de la rue Branda où elle avait demandé à être ramenée. Elle portait un foulard coloré et la veste chamarrée, la veste baroque et fleurie qu'elle avait le jour de son mariage entre les deux attaques du cancer et le beau soir de solstice dans le jardin de Kerrod. Des chaises étaient placées autour du lit pour les visiteurs et une plus petite, celle de Marie. Sa mère et sa tante étaient là lorsque je suis entré, dignes, silencieuses. Je les ai embrassées et elles m'ont laissé seul avec Hélène. Le récit de la visite à Gracq était posé sur le radiateur, Pascale, photographiée par Éric, nous regardait dans un cadre ancien. Sur le pupitre que j'avais connu à Béthune, il y avait des photos des moments heureux à Logonna et à Ouessant, et d'autres plus récentes lorsque Marielle était venue la voir en septembre.

La petite allait et venait dans l'appartement, ravissante, comme heureuse du retour de sa mère. Elle allait la voir de temps en temps et elle s'asseyait au pied du lit. En sortant de la chambre, elle a murmuré : « Ma maman est morte, mais c'est toujours ma maman… »

C'est dans la voiture qui nous menait à Logonna, où nous allions préparer la cérémonie des obsèques, que Xavier m'a confié le carnet qu'Hélène avait tenu dès la naissance de sa fille et dans lequel elle s'adressait régulièrement à celle qu'elle nommait la « fleur de la tempête ». Sur cette route que nous avions faite elle et moi tant de fois ensemble, j'ai feuilleté les pages dans une gêne et un trouble immenses. Ces mots me sont restés parce qu'ils concernaient l'été de 2006, celui des ballons sauteurs et du soir d'août où j'avais vu se profiler le tombeau sur la grève :

« Septembre 2006. Je suis malade de nouveau. Un cancer. (...) Je te donnerai tout ce que j'ai. Chaque jour que nous vivons est déjà un cadeau. Il y en aura encore beaucoup, beaucoup, beaucoup. »

Les obsèques ont été célébrées dans la belle église de Logonna le vendredi 27 avril. C'était une journée de printemps éblouissante, l'apogée de cette reverdie cruelle qui n'avait cessé de croître et d'embellir alors qu'Hélène déclinait. La cérémonie, sans eucharistie — c'est désormais la règle pour les funérailles tout au bout de cette vieille proue chrétienne —, a été d'une haute tenue, d'une ferveur intense, en complet accord avec ce qu'avaient été la vie d'Hélène et son départ qui laissait dans cette nef de pierre ocre une fille, une famille et trois hommes inconsolables. Éric avait disposé dans l'église des agrandissements des photos des derniers moments de bonheur et il y avait des monceaux de fleurs que nous sommes allés, après la cérémonie, jeter à la mer sur la grève de Porsisquin. J'avais choisi un fragment de la prière sacerdotale dans l'Évangile de Jean, au chapitre XVII, me souvenant que ce passage émouvait particulièrement Hélène et tout spécialement cette parole du Christ : « Parce que tu m'as aimé avant même la création du monde… » Et, juste avant le cantique d'adieu chanté en breton — *Eürus an hini* —, je lui ai lu, pour la première et la dernière fois, les aubépines de *Swann*, l'extase du narrateur devant les mille boutons roses de l'arbuste catholique et délicieux, en souvenir de la littérature, de sa puissance d'enchantement et de tout ce qu'elle nous avait donné — en souvenir aussi d'une lointaine terrasse un soir de mai.

J'ai embrassé Xavier, Marie, la mère d'Hélène qui se tenaient au premier rang puis j'ai touché une dernière fois le cercueil après l'avoir béni, sentant soudain le vide, le sentiment d'inutilité qui envahissait ma vie. La cérémonie m'avait apaisé, la prière, une autre forme de communion que j'avais introduite en lisant le texte de Proust, mais de nouveau ce vide, cette conscience d'une vie absurde, inutile, sans vocation et sans avenir me saisissaient alors que je regardais disparaître le coffret de bois — et je ne pouvais pas admettre qu'elle fût là, *à l'intérieur* — qui allait une dernière fois remonter la petite route de Logonna, filer vers Brest, passer l'Élorn et s'anéantir dans les flammes. Hélène n'aurait pas de tombe, pas de stèle, pas de nom dans ce petit cimetière où j'aurais pu venir la voir. Ce qu'il resterait d'elle, de sa présence et de sa beauté, s'en irait à la grâce du vent et des flots. Tel avait été son désir et il me désolait.

Le lendemain des obsèques, j'ai pris dans un total état d'inconscience la route des plateaux de lave et des Vierges noires et impassibles de Mozac et d'Orcival, des escaliers raides du Puy et des cryptes aux chapiteaux polychromes, Corinne m'a emmené en Auvergne au cœur des herbages et des orages printaniers de cette vieille terre hercynienne. Je ne cessais de penser à Hélène perdue pour toujours, au cancer et aux flammes, à la petite qu'elle avait tant voulue et qui restait seule avec son père dans la ville offerte aux vents ; la nuit, dans mes insomnies, et plus encore à l'approche de l'aube, ne doutant pas un seul instant qu'elle fût en vie, je lui parlais là où elle était maintenant, assuré de sa destination lumineuse et certain qu'elle connaissait à sa source le vert éternel de la prairie des frères Van Eyck.

J'étais définitivement désespéré et seul, sans désir, sans curiosité, incapable de me concentrer pour lire ou écouter de la musique, réduit aux apparences de la vie, détruit par le deuil. L'absence se disait dans l'image d'un quai vide : Hélène ne serait jamais plus à m'attendre au bout du chemin ferroviaire qui longe l'Élorn et son mascaret. Et cette pensée m'interdisait tout retour à Brest.

Le jour de la Pentecôte, j'étais en Bretagne, le vent s'est levé soudain avec une force extraordinaire. J'allais en tous sens, comme un fou. Je pensais aux restes d'Hélène qui n'avaient pas encore trouvé de sépulture. C'est alors que j'ai imaginé pour elle ce tombeau, comme un reliquaire de mots et d'images où elle serait enclose et toujours vivante, le premier de mes livres qu'elle ne lirait pas. Cette phrase de Marie qu'on m'avait rapportée comparant sa mère à la chèvre de M. Seguin luttant jusqu'au petit jour — « Ma maman aussi a été courageuse mais la maladie était très méchante » — ne me quittait plus. Rien n'atteindrait jamais cette lumineuse et enfantine évidence. Et pourtant c'était cette langue intime, transparente, inaccessible sans doute dont je rêvais ma grande au moment de rendre grâce et témoignage, de dire notre longue traversée de presque vingt ans, cette langue universelle et vertigineuse que seuls entendent ceux qui ont aimé, parce que, malgré le trou noir et l'épreuve, malgré le mal, le feu et la tempête, rien jamais ne serait perdu.

Morlaix, Le Faou, juillet-août 2007.

Œuvres de Philippe Le Guillou (suite)

Aux Éditions Berg International

LE DÉPAYSEMENT, *récit*, 2002.

À La Bibliothèque des Arts

BERNARD LOUÉDIN, *monographie*, 2002.

Aux Éditions Blanc Silex

CHATEAUBRIAND ET LA BRETAGNE, *essai*, 2000.

Aux Éditions du Mercure de France

L'INVENTAIRE DU VITRAIL, *roman*, 1983.

LES PORTES DE L'APOCALYPSE, *roman*, 1984.

LE DIEU NOIR, *roman*, 1987 (repris dans « Folio », *n° 2195*, 1990).

LES PROXIMITÉS ÉTERNELLES, *récits*, 2000.

LE DÉJEUNER DES BORDS DE LOIRE, *récit*, 2002.

Aux Éditions Pygmalion-Gérard Watelet

JÉSUS, *récit*, 2002.

DÉAMBULATIONS, *essai*, 2004.

DÉAMBULATIONS 2, *essai*, 2006.

Aux Éditions de La Table Ronde

JULIEN GRACQ, FRAGMENTS D'UN VISAGE SCRIPTURAL, *essai*, 1991.

Aux Éditions Christian Pirot

CHATEAUBRIAND À COMBOURG, *essai*, 1997.

Aux Éditions Ouest-France

BROCÉLIANDE, *album*, 1996.

Aux Éditions Terre de Brume

ÎLES, *album*, 1999.

Composition Nord Compo.
Achevé d'imprimer
sur Roto-Page
par l'Imprimerie Floch
à Mayenne, le 31 janvier 2008.
Dépôt légal : janvier 2008.
Numéro d'imprimeur : 70290.

ISBN 978-2-07-012008-6 / Imprimé en France.

156846